Felicity Pickford

Willkommen im kleinen Grandhotel

Felicity Pickford

Willkommen im kleinen Grandhotel

Ein Weihnachtsroman

GOLDMANN

Originalausgabe

Das Zitat auf S. 114 f. entstammt: Charles Dickens,
Große Erwartungen, hrsg. und übersetzt von Melanie Walz,
München 2011. Mit freundlicher Genehmigung
des Carl Hanser Verlages.

Sollte diese Publikation Links auf Webseiten Dritter enthalten,
so übernehmen wir für deren Inhalte keine Haftung,
da wir uns diese nicht zu eigen machen, sondern lediglich auf
deren Stand zum Zeitpunkt der Erstveröffentlichung verweisen.

Penguin Random House Verlagsgruppe FSC® N001967

3. Auflage
Copyright © 2021 by Felicity Pickford
Copyright © dieser Ausgabe September 2021
by Wilhelm Goldmann Verlag, München,
in der Penguin Random House Verlagsgruppe GmbH,
Neumarkter Str. 28, 81673 München
Umschlaggestaltung: Uno Werbeagentur, München
Umschlagmotiv: FinePic®, München
Satz: Uhl + Massopust, Aalen
Druck und Bindung: Friedrich Pustet, Regensburg
Printed in Germany
ISBN 978-3-442-31597-0
www.goldmann-verlag.de

Besuchen Sie den Goldmann Verlag im Netz

Die Welt ist voller Gelegenheiten.
Du musst sie nur sehen.

Eine überaus fragwürdige Einladung

Es scheint in der menschlichen Natur zu liegen, sich an Dinge zu erinnern, die man nicht erlebt hat. Erste Küsse etwa (weil es sich meist nicht um etwas gehandelt hat, das die Bezeichnung »Kuss« verdient hätte). Glückliche Kindheitstage (wessen Kindheit ist schon glücklich?). Oder den Schnee einstiger Winter. Die Winter waren früher schon schmutzig und grau, anstatt glänzend und weiß. Zumal in London. Wobei Charlotte Williams ja nicht wirklich aus London kam, sondern aus einem kleinen Vorort im Nordosten, wo es allerdings auch kaum je geschneit hatte. Nicht in ihrer Kindheit, nicht in ihrer Jugend und schon gar nicht in den Jahren bis zum Studium an der London School of Graphic Arts. Dort allerdings hätte sie den Schnee (wenn es denn welchen gegeben hätte) gewiss kaum bemerkt. Denn ein Studium, das man damit zubringt, seiner größten Leidenschaft nachzugehen, absorbiert einen völlig. Charlotte zumindest war absorbiert gewesen. Von den aufregenden Aufgaben, den anregenden Diskussionen mit Kommilitonen. Und von Leach Wilkins-Puddleton, der ihr nicht nur im Hörsaal sehr schnell zur Inspiration wurde, sondern auch… Aber darüber mochte sie aus guten Gründen lieber nicht mehr nachdenken, weshalb wir diesen Punkt hier zurückstellen.

Schnee also. Wer könnte mit Fug und Recht behaupten, einen weißen Winter oder gar eine weiße Weihnacht in der Hauptstadt des Vereinigten Königreichs in den letzten Jahren oder Jahrzehnten erlebt zu haben? Charlotte konnte es jedenfalls nicht. Umso erstaunter war sie, als ihr beim Öffnen der Haustür unvermittelt ein Schneeschauer entgegenstöberte, so prickelnd-kalt und wirbelnd, dass sie nach einem kurzen Aufschrei nicht anders konnte, als zu lachen.

So fing der Tag, der auch ihr Leben einigermaßen durcheinanderwirbeln sollte, unerwartet fröhlich an. »Den *Independent*?«, fragte George vom Kiosk und griff schon nach dem Blatt, während Charlotte nickte und in ihrer Tasche nach dem Geld wühlte. »Hübsches Wetterchen heute, was?«

»Hatte das irgendwer vorhergesagt?«, fragte Charlotte.

George zuckte mit den mächtigen Schultern. Seine weißen Zähne blitzten in dem dunklen Gesicht. »Ich dachte schon, es gäbe hier nie Schnee.«

»Da sind wir schon zwei«, bemerkte Charlotte und lachte. Sie mochte George. Der riesige Mann aus Jamaika passte gerade eben in die kleine Blechhütte, die auf allen Seiten mit Zeitungen und Zeitschriften gepflastert war.

»Jedenfalls bin ich froh, dass ich das noch hier erleben darf«, erklärte George und hob die buntbestrickte Hand zum Gruß.

»Na, wer weiß«, meinte Charlotte. »Vielleicht gibt es das jetzt öfter in London! Es heißt, der Klimawandel wird noch manche Überraschung bringen.«

»Ja, vielleicht. Aber an Schnee auf Jamaika glaube ich eher nicht.«

Den Gesichtsausdruck, mit dem er das sagte, kannte Charlotte noch nicht. »Sie haben doch nicht etwa vor, wieder in Ihre Heimat zurückzugehen?«

»Wenn Sie mich fragen, ich würde gerne bleiben«, erklärte George. »Aber wenn Sie die Regierung fragen …« Er hob erneut die Schultern.

Charlotte erinnerte sich, in den Nachrichten gehört zu haben, dass das neue Aufenthaltsgesetz beschlossen sei. Danach würde die Person, die sich ohne dauerhafte Erlaubnis im Land befand, nur in Ausnahmefällen eine Verlängerung bekommen. *Systemrelevant* musste man sein, um in Zukunft als Ausländer im Vereinigten Königreich leben zu dürfen. Also Pfleger, Kindergärtnerin oder Banker. Gewiss nicht als systemrelevant eingestuft wurden Kioskverkäufer, selbst wenn sie für die Verbreitung der täglichen Nachrichtenlage (und damit für die Stabilität der Demokratie) so bedeutend waren wie George. Abgesehen davon hatte der mächtige Mann aus der Karibik für jeden seiner Kunden ein offenes Ohr, stets einen netten Spruch parat und verbreitete neben Nachrichten jederzeit gute Laune.

»Ich hoffe, Sie sind nicht von dem Unsinn betroffen, George«, erklärte Charlotte.

Der Zeitungsverkäufer lachte und nickte. »Ja, das hoffe ich auch. Und meine Kinder. Sie wollen ihre Freunde nicht verlieren.«

Doch wie er es sagte, zeigte Charlotte deutlich, dass er nicht daran glaubte. Was für eine Schande! Systemrelevanter konnte George mit seiner aufmunternden Art gar nicht sein. Gerade in letzter Zeit brauchte sie mehr Zuspruch denn je. Die zurückliegenden Monate waren wenig erquicklich gewesen. Und das hatte nicht nur mit ihrer Trennung von Leach zu tun (die vielleicht in Wahrheit eine Trennung Leachs von ihr gewesen war), sondern auch mit einem Mangel an Aufträgen, schwierigen Kunden – und natürlich mit dem Tod ihres Vaters, der sich entschlossen hatte, mit siebenundsiebzig Jahren von der Leiter zu fallen und nicht mehr aufzustehen. Nun mag man sagen, siebenundsiebzig, das ist doch ein schönes Alter. Und ein schneller Tod ist eine dankbare Angelegenheit. Aber Charlotte hatte an ihrem Vater gehangen. Und wer schon einmal einen geliebten Menschen zu Grabe getragen hat, der weiß, dass jedes Alter zu früh und jeder Tod zu schnell ist.

Nachdem also bei der verunglückten Pflaumenernte auch Peter Paul Williams geerntet worden war, hatte sich Charlotte mehrere Wochen lang zurückgezogen – buchstäblich und im übertragenen Sinne. Es war eine harte Zeit gewesen. Doch weil das Leben weitergeht, selbst wenn es nicht die Musik spielt, die man sich gewünscht hat, hatte sie sich schließlich durchgerungen, wieder mitzuspielen. Und nun das: Schnee in London! Glückliche Kindheitserinnerungen (wenn auch womöglich trügerische)! Stau! Gut, der war nichts Besonderes, den schafften die Londoner sogar ohne Schnee. Danach ein kleiner Spaziergang vom Kiosk nach Hause, bei dem man am liebsten stehen geblieben wäre, um Schneebälle zu werfen!

Hier könnte sich die kleine Erheiterung nach einem Intermezzo mit zwei Jungs auf der anderen Straßenseite und einem Bobby mit erhobener Augenbraue im weiteren Verlauf eines belanglosen Vormittags auflösen, der geprägt sein würde von der Aussicht auf Änderungswünsche an ihren Bildern, Telefonaten mit den Behörden, um Nachlassfragen zu klären, und der Post, in der sich wie beinahe jeden Tag Rechnungen befanden. Zu große, um sie zu bezahlen, zu kleine, um sie zu ignorieren. Doch der Tag hatte sich entschlossen, mehr als *eine* Überraschung für Charlotte Williams bereitzuhalten, mehr als eine *positive* Überraschung!

Zwischen dem Üblichen fand sich ein Umschlag, der so elegant herausstach, dass er kaum das zu sein schien, was man so Post nennt. Früher einmal, vor vielen Jahren, eher Jahrzehnten, mochte man Briefe auf solchem Papier und mit solcher Schrift geschrieben haben. Für diese Art nahezu kalligrafischer Gestaltung hatte doch kein Mensch mehr Zeit. Was offensichtlich aber nicht stimmte: Einer zumindest schien sie zu haben. Unwahrscheinlich, dass ausgerechnet diese Person an eine junge Kinderbuchillustratorin in London geschrieben haben sollte. Und doch stand auf dem Umschlag in fein geschwungener Handschrift:

Ms Charlotte Williams
London

Ebenso ratlos wie entzückt drehte Charlotte den Brief um und las als Absender nur rätselhafte Ziffern und Lettern:

24 CS

Okay. Also war es Werbung. 24 CS, das klang schließlich wie ein hipper Laden in Notting Hill oder ein eleganter Showroom in Knightsbridge. Und wer zur Zielgruppe gehörte, der wusste Bescheid und konnte diese Kennung zuordnen. Anders als Charlotte. Ihr sagte 24 CS nichts. Doch das sollte sich bald ändern.

Eigentlich hatte Charlotte vorgehabt, das Haus gleich wieder zu verlassen, nachdem sie Zeitung und Post nach oben gebracht hatte. Denn wie oft erlebte man in dieser Stadt schon ein so herrliches Schneegestöber! Aber dann hatte im Kampf zwischen Spieltrieb und Neugier die Neugier obsiegt, und sie hatte sich den Brieföffner (ein Geschenk von Leach und geschmacklich überaus fragwürdig – nicht anders als der Schenker) vom Schreibtisch geschnappt und den ominösen Werbeumschlag aufgeschlitzt. Nun wollte sie doch wissen, wer sich so exquisite PR leistete. Immerhin war die Adresse mit Federhalter und Tinte mit der Hand geschrieben worden. Kaum auszurechnen, was das in einer Stadt wie London kostete. Fast hätte Charlotte gelacht, dass irgendjemand offenbar glaubte, sie wäre dieses Geld wert! Nichts wäre weiter entfernt von der Wahrheit gewesen. Wollte man sich eine denkbar schlechte Kundin ausmalen, sie wäre dafür perfekt geeignet: wenig Geld, hohe Schulden, überzogenes Bankkonto und seit der Trennung von Leach auch noch mit einer miserablen Bewertung bei den Kredithaien. Bei ihr war definitiv nichts zu holen. Und dann noch feinstes Büttenpapier!

Sie zog eine Karte in einem geschmackvollen Lachs-
rosa aus dem Umschlag und klappte sie auf (das war der
Augenblick, in dem auch ihr Unterkiefer aufklappte).
Nach der Lektüre – nur ein paar Zeilen, aber dennoch
sehr schwer zu begreifen – legte sie die Karte auf den
Schreibtisch, blickte ins Schneegestöber vor dem Fenster, fand, dass die Wetterlage sehr gut wiedergab, wie
sie sich gerade fühlte, und machte sich erst einmal eine
Tasse Tee.

Es dauerte noch zwei weitere Lektüren, ehe sie beschloss, dass nicht sein konnte, was da behauptet wurde.
Einerseits. Andererseits war der Gedanke an sich so be-
stechend und mitreißend, dass sie es nicht über sich
brachte, diesen Wunschtraum einfach zu begraben, statt
ihn ein süßes letztes Mal für ein paar Atemzüge zu genießen. Also las sie ein viertes (und ja: noch ein fünftes)
Mal, was da behauptet wurde:

Dear Ms Williams

Wir freuen uns, Sie dieses Jahr als Ehrengast unserer
Weihnachtssaison in der Zeit vom 20. bis 31. Dezember in
unser Haus einladen zu dürfen. Sie wurden aus den
von unseren verehrten Gästen Nominierten ausgewählt.
Bitte teilen Sie uns bis zum 15. d. M. mit, ob Sie unsere
Einladung annehmen möchten. Selbstverständlich sind
alle Annehmlichkeiten des 24 CS für Sie frei.

Mit den vorzüglichsten Grüßen,
24 Charming Street/Isle of Skye
Grandhotel since 1887

24 CS. Keine Werbung also. Oder eine ganz raffinierte, bei der einem etwas gratis versprochen wurde, ehe man nach Strich und Faden ausgeplündert wurde, auf welchem Wege auch immer. Kannte man ja. Nur das »24 Charming Street«, das kannte man nicht. Jedenfalls Charlotte kannte es nicht. Aber das ließ sich ändern. Und bei der Gelegenheit konnte sie auch gleich noch herausfinden, welche Masche sich hinter dieser »Einladung« verbarg. Denn dass es ein Trick war, daran bestand für sie kein Zweifel. Niemand schenkte einem einfach so ein paar Tage Urlaub im Luxushotel. Nichts gab es auf diesem Planeten umsonst. Im Grunde, das hatte Charlotte schon vor langer Zeit gelernt, klebte auf buchstäblich allem ein Preisschild. Nur dass man es oft nicht auf den ersten Blick sah. Sie musste an Leach denken, dessen Aufmerksamkeit sie mit einem gebrochenen Herzen bezahlt hatte (und mit einem hoffnungslos rot gefärbten Kontostand), während sie »24 CS« in die Suchmaschine tippte.

Was sie unter diesem Kürzel nicht fand, war ein Grandhotel oder auch nur eine größenwahnsinnige Pension am schottischen Ende der Welt. Oder sonst irgendwo. Stattdessen gab es Musikinstrumente mit dieser Bezeichnung, Autobatterien, Garagentore und sogar eine Partnervermittlung. Das änderte sich, als sie den Namen ausschrieb: »24 Charming Street« – und zur Sicherheit noch den Ort »Isle of Skye« und das Thema ergänzte: »Grandhotel«.

»Das kleine Grandhotel«, wie es mitunter auf Portalen für passionierte Reisende, Genießer und Lebenskünstler genannt wurde, schien sich geradezu vor der Öffentlichkeit zu verstecken. Was auch nicht allzu schwer war, wenn man auf der Isle of Skye residierte, also irgendwo im hintersten Winkel Schottlands, und nicht einmal über eine eigene Website verfügte. Denn dergleichen suchte Charlotte Williams vergeblich. Stattdessen fanden sich private Einträge ehemaliger Gäste, die dort so etwas wie persönliche Erweckungserlebnisse gehabt haben mussten: »Der schönste Urlaub, den man sich vorstellen kann«, las sie. »So beseelt bin ich noch nie nach einer Reise zurückgekehrt.« Oder: »Ein Ort wie aus dem Märchen.« Klar, dachte Charlotte. »Märchen« würde es vermutlich genau treffen. Wenn die Elogen nicht bestellt waren, würde sie sich in Zukunft Daisy nennen lassen. »Verzaubert von Ort und Atmosphäre«, hieß es weiter. »Ein unvergesslicher Aufenthalt.« Oder: »Am liebsten nie wieder weggefahren.« Dass einer der Rezensenten auch noch Sir Thomas Beardly hieß, sagte schon alles, erfundener konnte ein Name kaum klingen, oder?

Laut lachend klappte Charlotte ihr Notebook zu und machte sich wieder an die Arbeit. Sie hörte ein paar Swing-Klassiker, weil ihr die Musik dabei half, einen frechen und zugleich etwas altmodischen Stil zu finden, der für die Illustrationen von *Betty auf dem Jahrmarkt* gewünscht worden war. Ein bezauberndes Kinderbuch von einer ihrer Lieblingsautorinnen, die es schaffte, stets die perfekte Balance zwischen Spannung und Humor zu wahren. Dass ausgerechnet die Luftballonverkäuferin der berüchtigte Lebkuchendieb war und der Geisterbahnbesitzer der größte Angsthase des gesamten Rummelplatzes, war nicht nur ein großer Spaß, sondern trug ganz viel Wahrheit in sich. Denn bekanntlich gehörte es zu den wichtigsten Tugenden, die ein Kind lernen musste, hinter die Dinge zu blicken und nicht nur dem ersten Anschein oder den eigenen Vorurteilen zu folgen. Sonst fällt es noch irgendwann auf eine clevere Werbung mit einer angeblichen Einladung in ein Grandhotel am Ende der Welt herein und auf vermeintliche Sirs, die in Wirklichkeit …

Das hätte sie nun doch interessiert! Wer dieser angebliche Sir Thomas Beardly war. Oder vielmehr: Wer sich hinter ihm verbarg. Denn auch in der Hinsicht machte Charlotte sich keine großen Illusionen. Vermutlich saß er in einem Kellerloch in Russland und schrieb für zwanzig Pence das Stück Rezensionen für fragwürdige Auftraggeber in aller Welt. Solche Leute wie die, die das »24 CS« erfunden hatten, um leichtgläubige Kinderbuchillustratorinnen abzuzocken, die sowieso schon pleite waren.

Neugierig geworden, öffnete sie wieder ihren Laptop. »Sir Thomas Beardly« ergab eine Reihe von bemerkenswerten Treffern. Nicht zuletzt schien der ehrenwerte Gentleman seit inzwischen mehr als fünfundzwanzig Jahren Mitglied des »House of Lords« zu sein, des britischen Oberhauses. Ebenso im Golfclub von Ipswich, in der Royal Society of Lakes and Forests, im Alumni Association Board des Trinity College sowie in der Scottish Whisky Foundation. Ha! Ertappt! Whisky. Klar. Das war vermutlich der einzige wahrheitsgemäße Eintrag, der sich über den Mann finden ließ. Vielleicht noch einer über eine Mitgliedschaft in einem Bodybuilding-Studio oder über eine kleinkriminelle Vergangenheit in einem Vorstrafenregister.

Lustvoll forschte Charlotte weiter, wobei sie gewitzt genug war, sich seine sonstigen Rezensionen anzusehen (nicht viele) und die Fotos zu vergleichen, die im Netz von dem Mann zu finden waren. Es stellte sich bei der Gelegenheit heraus, dass es Sir Thomas Beardly augenscheinlich gab und dass er keineswegs ein Kleinkrimineller war (was nicht ausschloss, dass er womöglich ein Großkrimineller war, aber das war ja in der Regel erlaubt, weil es im Rahmen der Gesetze stattfand). Er war mit mehreren Orden der Royal Navy ausgezeichnet worden, hatte mehrere Golfturniere gewonnen, mehrere Ehefrauen gehabt (offenbar war er allerdings derzeit wieder Single oder, wie man in seinen Kreisen wohl sagte: begehrter Junggeselle) – und tatsächlich eine Anzahl von echten Bewertungen im Internet abgegeben. Für eine Flugreise mit Cathay Pacific (»bezaubernder Service«), einen Immobilienmakler in Kensington (»solide und seriös«), eine Wäscherei irgendwo in Suffolk (»erstklassige Qualität und Zuverlässigkeit«) und eine Pizzeria in Brighton (»zumindest die Kinder haben es geliebt«). Die Fotos wiesen ihn als distinguierten Gentleman aus, der nicht nur im Oberhaus eine gute Figur machte, sondern auch im Sattel und als Schirmherr wohltätiger Veranstaltungen: soigniert, durchtrainiert und maßbeschneidert.

Je länger Charlotte forschte, umso mehr drängte sich ihr der Verdacht auf, hereingelegt worden zu sein – und zwar von ihrem Hang zum Misstrauen. Zumal es auch Bilder vom 24 Charming Street gab (weshalb war sie eigentlich nicht früher darauf gekommen, danach zu schauen?). Es handelte sich um ein Anwesen im typischen schottischen Landhausstil, wuchtige Gotik, mächtige Steinblöcke, hohe Giebel, mehrere Kamine: die ideale Vorlage für eine hübsche Kinderbuchillustration.

Ohne es sich selbst bewusst zu machen, begann Charlotte von einem kleinen Urlaub in schottischer Abgeschiedenheit zu fantasieren. Von einem Hinter-sich-Lassen aller Sorgen, davon, einmal nicht ans Geld denken zu müssen, weil man ja eingeladen war. Sie träumte davon, sich mit einer guten Tasse Tee (oder einem erstklassigen Whisky) auf eine Fensterbank zu setzen und statt auf den absurden Londoner Straßenverkehr auf eine Landschaft von karger Schönheit zu blicken. Nach jemandem läuten zu können, um noch ein paar Scones zu bekommen oder eine warme Decke. Oder bei Kerzenschein ein Dinner zu genießen, das nicht nur aus Fertigpizza oder Tiefkühlfrühlingsrollen bestand...

Es ist nicht leicht, eine solche Fantasie zu verwerfen, wenn man sie sich erst einmal in den schönsten Pastellfarben ausgemalt hat, schon gar nicht, wenn man das Malen mit Pastell und Rötel beherrscht, seit Längerem keinen Urlaub mehr gemacht und im Kühlschrank noch die Lasagne vom Vortag stehen hat (übrigens von Hayburry's für ein Pfund fünfzig und nicht mal übel; nur aufheben sollte man sie nicht). Doch letztlich fand Charlotte die Kraft, sich von diesen Gedanken loszureißen, warf die Einladung in den Papierkorb unter dem Schreibtisch und begrub mit der Karte auch die fixe Idee vom Grandhotel in Schottland.

Sie wandte sich wieder ihrer Arbeit zu, pinselte sich in den Details eines Riesenrads und eines Kinderkarussells fest, verlieh dem Mann vom Fish-and-Chips-Stand die Züge ihres verstorbenen Onkels Roderick und begann, die ganze Angelegenheit zu vergessen. Das Schneegestöber vor dem Fenster hatte sich längst wieder in den üblichen trüben Novemberregen verwandelt, und die Kinder, die vor Kurzem noch mit Schneebällen geworfen hatten, waren wieder in ihren Zimmern verschwunden, um sich (hoffentlich) in ein aufregendes Buch zu vertiefen oder (leider eher wahrscheinlich) in einem Bildschirm zu verlieren.

Zum Glück hatte sie den Müll nicht rausgetragen. Soweit es den Küchenabfall betraf, hatte das zwar inzwischen zu perfiden Geruchsattacken geführt, jedes Mal, wenn man ihn öffnete. Aber was den Papierkorb anging, so lag der geheimnisvolle Umschlag mit der geheimnisvollen Karte aus dem hohen Norden Schottlands sicher unter einer Decke von Weiß geborgen, mit dem er seit vorgestern beschneit worden war: Charlottes zerknüllten Entwürfen der letzten achtundvierzig oder so Stunden.

Irgendwann holte sie die Einladung doch wieder hervor. Gab es auf ihr nicht eine Telefonnummer? Tatsächlich fand sich auf der Rückseite der Karte nicht nur die Adresse, sondern auch die Rufnummer des Hotels: nach dem Regionalcode ganze zwei Ziffern! Vor ewigen Zeiten musste das 24 CS wohl mal ziemlich fortschrittlich gewesen sein, wenn es tatsächlich den zwölften Anschluss auf der ganzen Insel gehabt hatte.

Bitte teilen Sie uns bis zum 15. d. M. mit, ob Sie unsere Einladung annehmen möchten.

Charlotte blickte auf den Kalender. Der Fünfzehnte des Monats, das war morgen. Vielleicht sollte sie anrufen? Was konnte großartig passieren? Gut, man würde dann zusätzlich ihre Telefonnummer haben, nachdem man offensichtlich schon ihren Namen und ihre Adresse kannte. Andererseits machte das letztlich auch nicht mehr viel aus, oder? Vermutlich kannten diese Leute noch viel mehr als nur Name und Anschrift. Heutzutage war ja praktisch jeder Mensch ein gläserner Zeitgenosse. Außerdem hatte Charlotte nun wahrlich nichts zu verbergen – zumindest nichts, was nicht längst im Besitz von Leach gewesen wäre. Und selbst wenn, so gewagt waren die Bilder dann auch wieder nicht. Zumindest nicht die von ihr.

Ja, eventuell würde sie morgen anrufen und nachfragen, was es mit dieser ominösen Einladung wirklich auf sich hatte. Neugier war schließlich nichts Schlechtes. Im Gegenteil! Wer nicht neugierig war, lernte nichts dazu. Mit diesen Gedanken legte sich Charlotte Williams zu Bett (nicht ohne eine Dose Heringsfilets in Tomatensauce gegabelt und ein Bier hinterhergekippt zu haben, um den fiesen Geschmack wieder aus dem Mund zu bekommen; morgen musste sie unbedingt den Müll nach draußen bringen ...) – um etwa zwei Stunden später aufzufahren und zurück zum Schreibtisch zu stürzen. Der Kalender! Sie hatte ihn nicht umgeklappt! Der »15. d. M.« war keineswegs morgen, er war heute! Genau genommen war er gestern gewesen. Denn als diese Erkenntnis Eingang in die Gehirnwindungen der jungen Frau fand, war es 00:13 a. m. Am 16. d. M.

Für die Dauer eines weiteren Biers (unter diesen Umständen waren das nur etwa vier Minuten) beklagte

Charlotte ihr Schicksal und starrte mit einer Mischung aus Selbstmitleid und Selbstvorwürfen auf ihr Spiegelbild im Fenster, hinter dem sich auch um diese Uhrzeit dicht an dicht die Lichter des Londoner Straßenverkehrs vorbeischoben: Stop-and-go und Stop-and-go… »Hättest du nicht einfach gleich anrufen können?«, fragte die Frau im Fenster.

Gleich. Du sagst das so, dachte Charlotte und schüttelte den Kopf über ihr Talent, die schönsten Gelegenheiten vorüberziehen zu lassen, und sagte laut: »Gleich! Klar!«

Was sie auf den Gedanken brachte, dass zwar der Fünfzehnte des Monats verstrichen sein mochte. Aber wer würde sich denn im Ernst am sechzehnten November um 00:13 a. m. die Mühe machen, einen neuen hübschen Brief zu pinseln, zu adressieren und ihn auch noch zum Postkasten zu bringen! »Gleich«, flüsterte sie, als müsste sie ein Ritual beschwören, und griff zum Telefon.

»Das 24 Charming Street, Richard am Apparat«, meldete sich eine Stimme wie aus einer fernen, eleganteren Zeit.

»Hallo«, stotterte Charlotte. »Verzeihen Sie. Mein Name ist Charlotte Williams. Ich …« Sie stockte.

»Miss Williams, wie schön«, erwiderte der Mann, den Charlotte im Geiste unwillkürlich in einer grauen Uniform mit roten Samtaufschlägen und goldenen Knöpfen verortete, eine Kappe auf dem akkuraten Scheitel, vielleicht sogar mit weißen Handschuhen, gerade als wüsste er, wer sie sei.

»Sie haben mir einen Brief geschrieben«, erklärte Charlotte. »Das heißt, eigentlich eine Karte.«

»Natürlich, Ma'am. Die Einladung.«

»Sie wissen davon?«

»Da wir alljährlich meist nur eine einzige verschicken, Ma'am, fällt es nicht allzu schwer, sich den Empfänger zu merken. Oder die Empfängerin.«

Meist nur eine einzige, dachte Charlotte. Da könnte der Haken liegen, oder? »Was meinen Sie mit *meist*?«

»Nun«, erwiderte der distinguierte Herr am anderen Ende der Leitung. »Es kommt natürlich vor, dass die Einladung nicht angenommen wird. Oder dass die Frist verstreicht…«

Charlotte holte tief Luft. »Ich fürchte, das ist in meinem Fall geschehen. Sie hatten ja den fünfzehnten November genannt.« Sie seufzte. »Was geschieht denn, wenn… nun, wenn…«

»Dann schicken wir eine neue Karte an eine andere Persönlichkeit, für die sich unsere Gäste ausgesprochen haben.«

»Ihre Gäste. Hm. Ausgesprochen.« Charlotte zögerte, überlegte kurz, ob sie sich darauf einen Reim machen konnte, entschied, dass sie es nicht konnte, und fragte: »Würden Sie mir das erklären, Mr Richard?«

»Nur Richard. Ohne Mister, Ma'am. Wenn Sie erlauben.«

»Ähm. Gewiss. Richard.« Seltsamerweise fühlte es sich spontan an, als wäre sie jemand ganz Besonderes, dass sie den Bediensteten eines feinen Hotels mit Vornamen ansprach, gerade so, als wäre sie das gewöhnt.

»Es gehört zu unseren Gepflogenheiten, Ma'am, dass wir das erst offenbaren, wenn der Gast in der Zeit unserer Weihnachtssaison bei uns logiert. Es ist ein Ritual.«

Charlotte blies die Wangen auf und ließ dann langsam die Luft raus. »Hm«, sagte sie schließlich. »Ich müsste also Ihre Einladung annehmen, um zu erfahren, was es damit auf sich hat.«

»In der Tat, Ma'am, das müssten Sie wohl.«

»Können Sie verstehen, ähm, Richard, dass ich der Einladung nicht ganz traue?«

»Absolut, Ma'am!«, erwiderte der Portier, denn das musste er ja wohl sein. »Das würde mir nicht anders gehen, wenn Sie mir die Bemerkung erlauben.« Als Charlotte etwas ratlos schwieg, fügte er hinzu: »Wenn ich mir außerdem einen Rat erlauben darf…«

»Bitte!«

»Probieren Sie es doch einfach aus. Ich darf Ihnen versichern, Sie werden es nicht bereuen.«

»Und am Ende präsentieren Sie mir eine Rechnung, die ich nicht bezahlen kann«, erklärte Charlotte, die in dem Moment wusste, dass sie einem Schwindel aufsaß. »Ich will Ihnen was verraten: Ich könnte mir ein Grandhotel gar nicht leisten. Wenn Sie auf mein Geld hoffen, dann werden Sie enttäuscht! Ich habe nämlich keines.«

»Mit allem Respekt will auch ich Ihnen etwas verraten, Ma'am«, erklärte der Portier, und es klang – ganz anders als bei Charlotte eben – gar nicht bitter: »Um diese Einladung anzunehmen, brauchen Sie kein Geld. Falls Sie also über die Feiertage nichts Besseres vorhaben, steht es Ihnen frei, in unserer Weihnachtssuite abzusteigen und alle Annehmlichkeiten des 24 Charming Street in Anspruch zu nehmen, ohne dafür auch nur einen Penny zu bezahlen – oder gar ein Pfund.«

23

Eine Reise ans Ende der Welt

Die Entschleunigung, die man bei einem Besuch einer abgelegenen Insel an Schottlands Küsten erwarten darf, setzt – zumindest für Zeitgenossen, die die Geschwindigkeiten einer modernen Weltstadt gewöhnt sind – bereits beim Studium der Zugfahrpläne ein: Natürlich kann man Umwege fahren, und sei es nur, um Zeit zu sparen. Über Glasgow etwa oder über Edinburgh. Dorthin gibt es ja durchaus schnelle Bahnverbindungen. Vorausgesetzt natürlich, die Launen der Technik, des Wetters oder der Gewerkschaften lassen es zu, dass der betreffende Zug tatsächlich fährt. Aber jeder dieser zeitsparenden Umwege hat einen kleinen Haken: Es gibt keine passenden Anschlusszüge, weshalb man vor der Weiterreise zwangsläufig übernachten muss. Was nicht nur wiederum Zeit kostet, sondern vor allem auch Geld. Denn Charlotte hatte mitnichten vor, auf dem Bahnsteig zu schlafen.

Doch es gibt zum Entzücken aller Liebhaber des Bahnreisens auch eine direkte Verbindung: den New Caledonian Sleeper, einen Nachtzug mit allem Komfort, dessen man sich in einem modernen Schlafwagen nur erfreuen kann, bis hin zu privaten Toiletten und Duschen, Kabinenservice, Einzelbelegung und dergleichen mehr. Wobei Charlotte mit jedem Klick auf der Angebotsmaske

25

feststellen musste, dass der Preis für eine solche Reise nach oben scheinbar unbegrenzt war. Was mit sehr respektablen fünfundvierzig Pfund begonnen und ihr Herz leicht gemacht hatte, erinnerte sie zunehmend an ein Sandwich bei Subways, nur dass die Tomate hier »en suite« hieß und der Jalapeño sich »single occupancy« nannte. Nun gut, sie konnte nicht mit einem Fremden in einem Schlafwagenabteil reisen. Zumindest wollte sie es nicht. Und schließlich tat sie es auch nicht, sondern kratzte ihr letztes Geld zusammen und buchte eine Fahrt, die für sich genommen schon beinahe »Urlaub« genannt werden konnte. Vierzehn Stunden brauchte der Zug vom Bahnhof Euston nach Portree. Vierzehn Stunden, wenn nicht auf dem Weg technische Störungen auftraten oder sonstige Unwägbarkeiten dafür sorgten, dass womöglich am Ende sechzehn oder achtzehn Stunden daraus wurden.

Nun, immerhin traten die technischen Störungen bereits vor der Abfahrt auf. Weshalb aus dem New Caledonian Sleeper ein etwas älterer Sleeper wurde, der seinem Namen auch noch alle Ehre machte. Doch um 9:15 p. m. galt es zunächst einmal, sich zu orientieren und das richtige Abteil zu finden. Nicht das, in dem eine pakistanische Familie mit vier kleinen (und zwei großen) Kindern wie die Ölsardinen zu reisen beabsichtigte. Auch nicht das, in dem Mr Frank Bulloch (»Aber du kannst mich Franky nennen oder Mr Blitzkrieg«) seine zwei Goldzähne blitzen ließ, als er großzügig bereit war, seine Matratze zu teilen. Und schon gar nicht das, in dem Mrs Davis mit ihren drei Ozelots eine lebhafte Nacht zu verbringen gedachte.

Am Ende fand sich, was sich finden musste, und Charlotte begann sich in ihrem kleinen, rollenden Reisekabinett einzurichten, als die Lichter Londons und aller seiner zahllosen Vor- und Trabantenstädte längst in der Dunkelheit über Mittelengland versunken waren. Erschöpft von der Schlepperei (sie hatte lange überlegt, was man für einen Aufenthalt in einem Grandhotel einpacken sollte, und sich dann letztlich für so gut wie alles entschieden), ließ sie sich am Fenster nieder und lehnte das glühende Gesicht an die kühle Scheibe. Das Schaukeln des etwas altertümlichen Zugs beruhigte sie. Vielleicht beruhigte es sie ein bisschen zu sehr. Denn als plötzlich mit einem Ruck die Tür aufging und der Schaffner ihr einen »Good evening, Ma'am!« wünschte, wäre sie beinahe vom Sessel gefallen.

»Guten Abend!«, grüßte sie zurück. »Sie möchten sicher mein Ticket sehen.«

»Wenn es Ihnen nichts ausmacht, Ma'am«, erwiderte der Zugbegleiter freundlich.

Guter Mann, dachte Charlotte. Er hätte zwar klopfen können, aber wenigstens schien er ein wenig verlegen, dass er hier notgedrungen in die Privatgemächer seiner Fahrgäste einzudringen hatte. Nun, in ihrem Fall war es eher ein Privatverschlag. Aber ein eigenes Waschbecken gab es! Das war mehr als zu befürchten gewesen war, nachdem die Luxusausgabe des Zugs im Bahnhof hatte bleiben müssen und ein älteres Modell als Ersatz dienen musste. Und zu Charlottes Entzücken überreichte der Mann ihr einen emaillierten Eisenbahnwaggon, einen Schlüsselanhänger, der offensichtlich das Abbild des Speisewagens in Miniaturformat war.

»Eine kleine Aufmerksamkeit für unsere Fahrgäste«, erklärte der Schaffner. »Weil Sie mit einem Vorgänger des Sleepers vorliebnehmen müssen. Übrigens im Maßstab eins zu zweihundertsechsundzwanzig!«

»Es sieht ganz bezaubernd aus«, stellte Charlotte fest. »Kann man denn hier irgendwo eine Tasse Tee trinken oder vielleicht noch etwas Kleines essen?«

»Gewiss, Ma'am«, sagte der Schaffner, während er Charlottes Fahrkarte entgegennahm und mit geübtem Auge prüfte, um sie sogleich mit seiner Zange zu entwerten und ihr mit einem angedeuteten Nicken zurückzureichen. »Gleich im nächsten Wagen.«

Indes, es war gar nicht nötig, den Speisewagen aufzusuchen, denn wenige Augenblicke später, Charlotte hatte gerade erst ihr Bett aufgeschüttelt, klopfte es an der Kabinentür. Auf ihr »Ja, bitte?« steckte ein Steward den Kopf herein, der so aus der Zeit gefallen schien wie seine tadellosen Manieren. »Verzeihen Sie die Störung, Ma'am. Darf ich Ihnen etwas zu trinken anbieten oder ein frisch zubereitetes Sandwich?«

»Frisch zubereitet?«

»Von unserem Chefsteward persönlich!«, sagte der alte Herr in Uniform, um leise hinzuzufügen: »Miss Westing ist heute leider nicht zum Dienst erschienen. Eine Magen-Darm-Sache.«

»Na, da bin ich ja froh, dass sie die Sandwiches nicht gemacht hat«, erklärte Charlotte. »Darf man mal sehen?«

»Gewiss!« Der Steward (an diesem Tag übrigens Carl, der eigentlich längst im Ruhestand war, aber bei Personalnot dennoch immer gerne einsprang) zog seinen Servierwagen an die Tür und präsentierte seine Waren.

Charlotte entschied sich für Cheddar und Tomate mit einer undefinierbaren, aber, wie sie rasch feststellte, köstlichen Sauce. Dazu ein kleines Fläschchen Chablis, weil es ja ohnehin schon egal war und man bekanntlich nicht pleiter als pleite sein konnte. Die paar Pfund, die sie noch an Barschaft zur Verfügung hatte, würde sie sich aber nun streng einteilen müssen. Für ein Taxi vom Bahnhof zum Hotel, falls es keine Busverbindung gab. Für Trinkgelder, ohne die man sich nicht ernsthaft in einem Luxushotel einmieten durfte (nicht einmal, wenn es gratis war). Für ein kleines Frühstück im Zug am nächsten Morgen. Für die Rückreise (bei dem Gedanken wurde ihr etwas schlecht) und für etwaige unvorhergesehene Notfälle (bei dem Gedanken noch etwas mehr).

Der Zug, der volle Magen und der Wein schaukelten Charlotte schon bald in eine angenehme Müdigkeit. Sie fand kaum noch die Konzentration, ein paar Seiten in den *Großen Erwartungen* zu lesen, die sie als Lektüre mitgenommen hatte. Aber für Dickens würde sie noch genügend Zeit haben in Schottland, wenn sie Tage genoss, die nur dazu bestimmt waren, genossen zu werden. Und so legte sie den Roman weg, den Kopf aufs Kissen und träumte sich in einen überraschend erquicklichen Schlaf zwischen Carlisle und Edinburgh, ohne zu bemerken, dass sich der graue Dezemberregen vor den Fenstern ihrer Kabine wieder mehr und mehr in wildromantische Schneeflocken zu verwandeln begann.

Wer Schottland einmal bereist hat, den wird es nicht mehr wundern, dass in dieser Region mehr Fabelwesen ersonnen wurden als in jeder anderen auf unserem Planeten. Beim Blick aus dem Fenster des Speisewagens und mit einer Tasse kräftigen Yorkshire-Tees meinte Charlotte beinahe, die Feen und Trolle hinter jeder kleinen Brücke, auf jedem knorrigen Baum und an jedem mächtigen Findling sitzen zu sehen. Als Kind war sie mal in Schottland gewesen, allerdings in einer der Industriestädte im Osten, wo man auf Ölplattformen blickte, wenn man am Strand spazieren ging (was sich zumindest damals nicht empfohlen hatte). Aberdeen war das gewesen. Ihr Vater hatte eine Geschäftsreise dorthin unternehmen müssen und sie mitgenommen. Wenig war ihr in Erinnerung geblieben. Charlotte wusste schon jetzt, dass es auf dieser Reise anders werden würde, auch wenn sie noch nicht ahnen konnte, *wie* anders es sein würde.

Der Cherry Pie war ein Gedicht, die zweite und dritte Tasse Tee gratis, der Service prompt und freundlich, kurz: Man kam sich gar nicht vor wie in einem Zug der britischen Eisenbahn, sondern wie … ja, wo? In der Schweiz? Mit Blick auf die Highlands? Voll Begeisterung nahm sie ihren Skizzenblock aus der Tasche und machte ein paar Zeichnungen. Von geduckten Hütten im Schnee, vom Zug, wie er in einer lang gezogenen Kurve vor dem Fenster einen weiten Bogen beschrieb, von rätselhaften Schildern, die die Gleise säumten. Und von Carl, der am Ende einer langen Nacht, in der er wohl kaum selbst geschlafen hatte, so frisch und schwungvoll aussah wie schon gestern Abend (wenn man in Anrechnung brachte, dass er die Siebzig zweifellos seit einiger Zeit überschritten hatte).

Und dann kam eine letzte, eine beeindruckende Brücke, über die sie fuhren, ehe der Zug abzubremsen begann.

»Verzeihen Sie, Ma'am«, sagte Carl, der Charlotte im Speisewagen wiedererkannt hatte. »Sie wissen, dass wir am Ziel sind?«

Erschrocken blickte die junge Frau sich um und stellte fest, dass sie die Einzige war, die noch in diesem Waggon saß. Die vierte Tasse Tee war über dem künstlerischen Furor kalt geworden, der Block beinahe voller Skizzen, die Blase drängte mindestens so wie die Eile, rechtzeitig zurück ins eigene Abteil zu gelangen.

»Danke!«, keuchte sie und nahm dennoch hastig einen letzten Schluck Tee (es war leider die berühmte unnötige Aktion, die wir aus so vielen Lebenslagen kennen und die dazu führt, dass die Bluse ruiniert ist, wenn man gerade keine Möglichkeit hat, sie zu wechseln).

Wenig später stolperte Charlotte auf den Bahnsteig und wäre beinahe von ihrem viel zu schweren Koffer umgerissen worden. Portree. Der Bahnhof erinnerte an eine Spielzeugeisenbahn. Er lag direkt am Wasser und war so klein, dass er selbst im kleinsten Londoner Bahnhof mehrmals Platz gefunden hätte. Die Passagiere verliefen sich schnell, es schien, als wüsste jeder genau, wohin er sich zu orientieren habe. Anders als Charlotte. Sie stand einen Augenblick unschlüssig auf dem Bahnsteig und ging dann, den Koffer hinter sich herziehend, die Tasche schräg umgehängt, Richtung Schalter, um sich durchzufragen. Halb überrascht, halb amüsiert nahm sie ganz am Rande zur Kenntnis, dass tatsächlich jemand ein Schild hochhielt, der offenbar einen Fahrgast abzuholen geschickt worden war, um ihn dann zu seinem Ziel zu shuttlen. In Paris, in New York oder in Moskau wäre es ihr gar nicht aufgefallen, da war es natürlich gang und gäbe unter der Hautevolee, den Milliardären und Oligarchen. Aber bitte: in Portree? Am Ende der Welt?

»Miss Williams?«, fragte der Mann, der zu allem Überfluss auch noch Anzug und Chauffeur-Mütze trug.

»Bitte?«

»Sind Sie Miss Williams?«

»Ähm, ja?« Irritiert betrachtete Charlotte sein Schild und las, was draufstand, ohne allerdings auf Anhieb die richtigen Schlussfolgerungen zu ziehen: *Ms Williams.*

»Darf ich Ihr Gepäck nehmen?« Der Mann trat näher und griff nach Charlottes Koffer, die unwillkürlich zurückzuckte und die Hand hob.

»Moment!«, rief sie, vielleicht etwas schriller als nötig. »Und Sie sind?«

»Nicholas. Aber nennen Sie mich gerne Nick.« Er riss die Kappe vom Kopf und verneigte sich so tief, dass Charlotte sich umblickte, ob sie auch niemand beobachtete.

»Nick«, sagte sie. »Verstehe.« Was nicht ganz der Wahrheit entsprach. »Und Sie kennen mich, weil…«

»Ich wurde geschickt, um sie abzuholen. Es ist zwar nicht weit bis zu unserem Hotel, aber Sie sollen sich ja nicht unnötig mit der Suche nach einem Taxi abmühen.« Und leise fügte er hinzu: »Oder gar einem Bus.«

»Ach. Das ist aber nett«, erklärte Charlotte und räusperte sich. Jetzt war es ihr peinlich, den jungen Mann so brüsk zurückgewiesen zu haben. »Wie konnten Sie denn wissen, dass ich mit diesem Zug kommen würde?«

Nick lachte und zeigte alle seine etwas schiefen, aber blitzend weißen Zähne. »Es gab ja nur diese Möglichkeit von London. Außer natürlich, wenn Sie mit einer kleinen Maschine geflogen wären…«

»Oh«, erwiderte Charlotte und musste ebenfalls lachen. »Die habe ich diesmal zu Hause gelassen. Der Pilot hatte Schnupfen.«

»Verstehe«, sagte Nick und nahm den Koffer. »So haben Sie wenigstens den Caledonian Sleeper kennengelernt. Und wie ich festgestellt habe, das gute alte Modell! Er ist vielleicht nicht so komfortabel wie der neue, aber er hat definitiv mehr Klasse. Und er hat den besseren Cherry Pie.«

»Sie kennen den Cherry Pie?«

»Jeder kennt ihn«, stellte Nick fest, während er das Gepäck in einem Wagen verstaute, der noch um einige Jahre älter sein musste als der Zug, ach was: Jahrzehnte! »Man sagt, es gibt Passagiere, die nur wegen des Cherry Pies nach London reisen.« Er schlug den Kofferraumdeckel zu und umrundete den Wagen, um Charlotte die Tür des Fonds aufzuhalten. Und es war ihr, als hätte er gemurmelt: »Weshalb sollte man auch sonst nach London reisen?« Aber vielleicht hatte sie sich das nur eingebildet.

Es war ein Vauxhall Light Six, der wie aus einem nostalgischen Hollywood-Film geklaut wirkte, mit dem Nick sie über kurvige Straßen in die hügelige Landschaft der Isle of Skye beförderte, die so wild und schön aussah, dass Charlotte sie am liebsten sofort gezeichnet hätte. Aber dazu würde noch genügend Zeit sein. Und von buchstäblich jedem Punkt aus schien man das Meer sehen zu können.

»Ich nehme an, das Hotel hat auch Meerblick?«, fragte sie.

»Aber sicher, Miss Williams!«, erwiderte Nick. »Das Haus müssen Sie erst einmal finden, das auf dieser Insel keinen Meerblick hat. Die Isle of Skye ist nur fünfzig Meilen lang und fünfundzwanzig Meilen breit. Aber sie hat über vierhundert Meilen Küste!«

Davon schienen sie dreihundert abzufahren. Kurve fügte sich an Kurve, Biegung an Biegung. Immer wieder neigte sich die Straße in gewagtem Winkel abwärts, um dem Vauxhall schon wenige Augenblicke später alle Kraft abzuverlangen, die nächste Steigung zu bewältigen.

»Sehr romantisch«, erklärte Charlotte, nicht zuletzt, um nicht an ihren Magen denken zu müssen. Die dreieinhalb Tassen Tee waren inzwischen das geringste Problem. Und sie hätte den Cherry Pie wirklich gerne behalten. »Ist es noch weit?«

»Kaum der Rede wert.«

Nun, Schweigen war unter den gegebenen Umständen ohnehin die bessere Entscheidung. Hinsichtlich der Beschreibung »wildromantisch« neigte sich das Pendel definitiv mit jeder Kurve weiter Richtung »wild«. Natürlich war Charlotte neugierig gewesen, wie die Charming Street aussehen würde. Von einer Straße solchen Namens durfte man ja schon eine gewisse Romantik erwarten, fand sie. Allerdings war es eine sehr andere Art von

Romantik, die sich ihr bot, als sich hinter jeder Kurve buchstäblich ein neuer Abgrund auftat, dem Nick mit schlafwandlerischer Sicherheit auszuweichen verstand.

»Seltsam, eine solche Straße Charming Street zu nennen«, befand sie, während sie sich bemühte, nicht an ihren Magen zu denken.

»Die Straße ist benannt nach Roderick Arthur McFarrows, dem vierten Earl of Charming.«

»Oh«, wagte Charlotte zu erwidern und schluckte. »Das … das war mir nicht klar.« Sie öffnete das Fenster einen Spaltbreit und hielt ihre Nase in die frische, um nicht zu sagen: eisige Luft. »Sind wir bald da?«

»Nur noch um die nächste Landzunge«, erklärte Nick, der auch im Wagen seine schmucke Kappe mit den goldenen Lettern nicht abnahm. »Dann geht es den Hügel abwärts, direkt zum Hotel.«

»Ich kann es kaum erwarten.« Nie hatte sie etwas ernster gemeint. Dabei hatte sie noch nicht einmal ansatzweise geahnt, *wie* abwärts es gehen würde.

Ein Traum aus ferner Zeit

Und dann standen sie davor: Das kleinste Grandhotel der Welt war in der Tat ein Juwel. Vielleicht etwas in die Jahre gekommen, aber das Haus war fast hundertfünfzig Jahre alt und schon damals im Stil einer mittelalterlichen Burg errichtet worden. Doch es war zauberhaft geschmückt und erwartete die Gäste (hinter Nicks altem Vauxhall kamen kurz hintereinander noch zwei Paare, die mit dem Taxi den Weg vom Bahnhof genommen hatten) im trüben Licht des Nachmittags mit golden leuchtenden Fenstern vom Erdgeschoss bis hinauf zu dem halben Dutzend Dachgiebeln.

Man kann die Menschheit in viele Kategorien einteilen. Zu solchen Unterscheidungskriterien gehört ganz klar die Frage, ob man sich in einem Fünf-Sterne-Hotel zu Hause fühlt oder nicht. Wer noch nie in einem Luxushotel logiert hat, dem fällt es meist schwer, nur den Fuß über die Schwelle zu setzen. Das hat oft wenig mit Anspruch zu tun und manchmal auch nichts mit der finanziellen Ausstattung, sondern eher damit, dass man nicht glaubt »dazuzugehören« – zum Kreis der Auserwählten nämlich, die es für ganz selbstverständlich erachten, bedient zu werden, sich ihre Wünsche (und seien es die abstrusesten) erfüllen zu lassen oder diese nur zu äußern. Es ist nicht wirklich überraschend, dass Charlotte Williams, die in kleinbürgerlichen Verhältnissen in einem nordöstlichen Vorort von London aufgewachsen war und seit dem Ende ihrer Schulzeit nur selten ein völlig sorgenfreies Leben genossen hatte, zu denjenigen Zeitgenossinnen gehörte, die sich in einem Haus von der Klasse des 24 Charming Street fremd fühlten, obwohl sie dem Zauber des Hotels vom ersten Moment an erlegen war – vielleicht auch gerade deshalb. Denn solch scheinbar leichtfüßiger und selbstverständlicher Glanz und solch unbekümmerter Umgang mit Reichtümern aller Art (von der Nussbaumvertäfelung über Teppiche, in denen man versinken konnte, bis hin zur Marmortheke der Rezeption und funkelnden Kristalllüstern, vermutlich aus Venedig) fand in Charlottes Welt nicht statt. Bis zu diesem Augenblick.

Nachdem der Portier die anderen Gäste, die ihm allesamt wohlbekannt und also offenbar Stammgäste waren, begrüßt, zu einem kleinen Gläschen an die Hotelbar gebeten und die Hausdiener mit dem Gepäck auf die Zimmer geschickt hatte, wandte er sich Charlotte zu.

»Miss Williams!«, sagte er und schenkte ihr das vollendetste Lächeln. »Wie schön, Sie in 24 Charming Street begrüßen zu dürfen!«

»Sie haben mich gegoogelt«, entgegnete Charlotte. Sie hatte es gewusst. Und jetzt war es offenbar. Sie wussten alles über sie. Charlotte Williams verfluchte sich innerlich: Du bist ein Schaf! Du hast dich hereinlegen lassen. Die haben doch nur eine Dumme gesucht. Und in dir haben sie ihre perfekte Dumme gefunden.

»Pardon?«

»Gegoogelt. Sie haben mich im Internet recherchiert.

Woher sollten Sie sonst wissen, dass ich Miss Williams bin?«

»Im Internet?« Der Portier lächelte entschuldigend. »Verzeihung, ich dachte, das wüssten Sie.«

»Dass Sie mich im Internet ausspioniert haben?«

»Dass es hier kein Internet gibt, Ma'am.«

Kein Internet. Im einundzwanzigsten Jahrhundert! Tatsächlich fiel es Charlotte erst in dem Moment auf, dass sie seit London nicht mehr online gewesen war. Zuerst war sie bei all der Hektik im Bahnhof Euston nicht dazu gekommen, dann hatte sie völlig vergessen, ihre E-Mails anzuschauen, am Morgen war sie vom Zauber der Landschaft eingenommen worden – und zu guter Letzt hatte Nick sie auf dem Bahnsteig angesprochen, ehe sie überhaupt auf den Gedanken gekommen war, die nächste Möglichkeit, zum Hotel zu gelangen, zu recherchieren.

Das Lächeln des Portiers schien in ihr Innerstes zu blicken. »Seien Sie unbesorgt«, sagte er verständnisvoll. »Sie werden es nicht vermissen.«

Es stellte sich heraus, dass die Einladung wirklich eine Einladung war. Jedes Jahr bat das Hotel die Gäste der Weihnachtssaison (fast durchgehend Stammgäste), eine Person zu benennen, die eine Einladung ins 24 CS erhalten solle. Es war ein Ausdruck besonderer Wertschätzung, ein Ritual, das vor vielen Jahren von einer Duchesse aus Kent ins Leben gerufen worden war und sich seither erhalten hatte (und, wie es sich für britische Gepflogenheiten gehört, nur allergeringsten Anpassungen unterzogen worden war). Eine Geste also, mit der sich das 24 Charming Street bei seinen Gästen zu bedanken pflegte, die durch dieses Ritual in die Lage versetzt wurden, etwas Gutes zu tun und ihrerseits jemanden reich zu beschenken, ohne auch nur die geringste Leistung erbringen zu müssen (allenfalls die größte: jemand anderem etwas Besonderes zu gönnen), ohne Dankbarkeit zu erwarten.

Und so wurde alljährlich einem Menschen das Privileg zuteil, kostenlos für einige Nächte im kleinsten Grandhotel der Welt abzusteigen und sich verwöhnen zu lassen. Und natürlich auch selbst am Ende seines Aufenthalts eine Karte auszufüllen, mit der er seinerseits jemanden für die nächstjährige Einladung nominierte. Doch dazu gegen Ende dieser kleinen Chronik.

»Also, ein wenig beschämt bin ich schon, Sir.«

»Richard.«

»Sir Richard.«

Der Portier hüstelte. »Nur Richard, Ma'am. Ohne Sir. Und gewiss nicht Sir Richard.« Er zwinkerte ihr zu. »Man soll mich ja nicht der Hochstapelei bezichtigen, nicht wahr?«

»Ähm, natürlich. Also: natürlich nicht«, erwiderte Charlotte. »Aber um es ganz klar noch einmal zu betonen: Ich habe kein Geld. Das heißt, ich habe nicht nur keines dabei, also für den Fall, dass Sie so etwas wie Kreditkarten oder dergleichen hier benutzen... Ich *habe* schlicht keines.«

»Dann ist es doch eine glückliche Fügung, dass Sie hier schlicht keines benötigen. Alle Speisen und Getränke sind frei. Wir berechnen Ihnen auch nichts für die Minibar oder für den Room Service. Und selbstverständlich ist ebenso unsere Wäscherei nicht kostenpflichtig für Sie.« Er schaffte es bei diesen Worten tatsächlich, ihre ruinierte Bluse völlig unbeachtet zu lassen. »Betrachten Sie das 24 Charming Street für die Dauer Ihres Aufenthalts ganz einfach als Ihr Zuhause. Sie werden sehen: Es fällt gar nicht so schwer.«

In der Tat fiel es nicht schwer. Wenn man davon absah, dass Charlotte das Gefühl hatte, nicht nur im falschen Film zu sein, sondern auch im falschen Körper. Wer es nicht gewöhnt ist, zu den Klängen von Bachs »Air« in einem Fahrstuhl mit livriertem Liftboy zu fahren, wer seinen Krempel üblicherweise selbst durch die Gegend zerrt und Türen eigenhändig zu öffnen pflegt, der fühlt sich in einem Haus, in dem einem jede noch so kleine praktische Tätigkeit mit einer Selbstverständlichkeit abgenommen wird, als wäre es das Normalste von der Welt, unvermittelt linkisch. Wohin mit den Händen? Aufrecht durch die prächtigen Portale oder mit freundlichem Nicken? Schreiten statt gehen? Und wie schreitet man überhaupt mit Sneakers von Woolworth und in Jeans von Zara?

Immerhin hatte Charlotte daran gedacht, sich ein Pfund in die Hosentasche zu stecken, sodass sie das Trinkgeld sogleich zur Hand hatte, als sie David (dessen Namen sie allerdings ob all der Aufregung schon vergessen hatte, kaum dass er ausgesprochen worden war) entließ. Der Boy verbeugte sich so tief, als hätte sie ihm eine Generalvollmacht über ihr Konto eingeräumt (was nicht viel bedeutet hätte) oder ihn als Universalerben eingesetzt (was eher noch weniger besagt hätte). Was den Verdacht in ihr nährte, dass ein Pfund Sterling womöglich ein viel zu kleinliches Trinkgeld war, wenn man hier logierte. Er hat sich über mich lustig gemacht, dachte Charlotte und spürte einen Stich in ihrem Herzen. Nein, so schnell würde sie sich hier nicht zu Hause fühlen. Es würde dauern.

Tatsächlich dauerte es. Und zwar bis sie ans Fenster getreten und dort in den Lehnstuhl gesunken war, von dem aus man eine unfassbar weite und romantische Aussicht auf die raue Küste und die unter schweren Wolken wogende See genießen konnte. Ohne auch nur darüber nachzudenken, griff Charlotte nach einem Apfel aus dem üppigen Obstkorb, der das kleine Beistelltischchen zierte, und biss hinein. Dankbar schloss sie die Augen, als die köstliche Süße der Frucht sich über ihre Geschmacksknospen breitete und sie den Duft einsog. Und als sie die Augen wieder öffnete, da war alles noch da! Das Meer, die Küste, der Apfel, ja das ganze Hotel und sie selbst in diesem gemütlichen Sessel, in dem schon wer weiß was für feine Damen und Herren die Aussicht genossen haben mochten (die jedoch im Gegensatz zu ihr ein Vermögen dafür bezahlt hatten). Womöglich hatte sogar die legendäre Duchesse in diesem Raum genächtigt, auf die dieser entzückende alte Brauch zurückging, dem nun Charlotte ihren Aufenthalt im 24 Charming Street verdankte! Sie würde eine Rezension schreiben und aller Welt von diesem Haus vorschwärmen!

Schon griff sie nach ihrem Smartphone, nur um im

nächsten Moment festzustellen, dass Richard nicht zu
viel versprochen hatte – respektive: nicht zu wenig. Denn
was es hier nicht gab, war eine wie auch immer geartete
Verbindung ins Internet. Dafür schien es eine Art Verbindung ins Leben zu geben. Denn lebendig, und zwar
auf ganz besondere Weise, fühlte Charlotte sich. Es war,
als würde etwas in ihr aufblühen, das im Londoner Alltag mit seinem Tempo und seinen Sorgen verschüttet
worden war.

Es dauerte deshalb einige Zeit, bis sie endlich aufstand, sich ein wenig frisch machte (die Handtücher dufteten nach Lavendel, die Seife nach Sandelholz) und sich
auf den Weg machte, das Hotel und die Umgebung ein
wenig zu erkunden.

Seit 1887 gab es diese Institution, und es schien, als
hätte sich das Haus seit damals nicht verändert. Oder zumindest seit der Anschaffung des amtlichen Fernsprech-
apparats. Die Flure waren mit Ölgemälden geschmückt,
die Jagdszenen und Stillleben zeigten, das British Mu-
seum wäre eifersüchtig geworden. Die schmiedeeiser-
nen Geländer im Treppenhaus erinnerten an Buckingham Palace. Und der Blick in die Halle war vermutlich
mit dem in den großen Salon von Schloss Sandring-
ham vergleichbar (jedenfalls stellte Charlotte ihn sich so
vor): Unter den mistelgeschmückten Lüstern erstreck-
ten sich prächtige rote Teppiche, deren Goldborten sich
ähnlich im Dessin der schweren Samtvorhänge fanden.
Kristallkaraffen standen auf Nussbaumtischchen, die Sessel sahen so bequem aus, dass man einschlafen mochte,
wenn man sie nur ansah …

Alles hier erschien Charlotte wie aus einem Weihnachtsmärchen, zumal alles ebenso umsichtig wie liebevoll geschmückt war. Auf jeder Fensterbank standen einige ausgewählte Bücher, die zum Schmökern einluden, an der Hotelbar, die direkt an die Lobby angrenzte, lächelte eine aufgeräumte Frau scheinbar japanischer Herkunft, während sie mit einem geradezu antiken Crusher Eis zerkleinerte. Im Hintergrund spielte ein Piano, was Charlotte erstaunte, denn der späte Vormittag war nicht zwingend die übliche Uhrzeit, zu der man in Hotels Livemusik anbot. Und schon gar nicht diese: Es waren Kinderlieder, die mal leiser, mal lauter, vor allem aber ziemlich holperig durch die Halle tönten. Sie blickte sich um. Das Klavier war von einem prächtigen Weihnachtsbaum in der Mitte der Lobby so verdeckt, dass sie den Pianisten nicht erkennen konnte.

»Darf ich Ihnen etwas anbieten, Miss Williams?«, fragte die Barkeeperin mit einem ebenso exotischen wie entzückenden Akzent. Charlotte wusste nicht, ob sie erfreut oder erschrocken war, dass selbst die Barfrau ihren Namen kannte. Vermutlich beides.

»Ähm, ich weiß nicht …« Charlottes erster Impuls war es, einen Tee zu bestellen. Ganz einfach, weil sie den zu jeder Gelegenheit trank und ja auch mochte. Andererseits: War das nicht die Gelegenheit, sich etwas Exklusiveres zu wünschen? War das womöglich nicht sogar üblich in diesen Kreisen?

Die Musik brach ab, und hinter dem Weihnachtsbaum kam ein Mädchen hervor, eher klein, aber mit gewitztem Lächeln. Sie mochte zehn oder elf Jahre alt sein und war offenbar sehr selbstbewusst. Denn sie nickte Charlotte zu und setzte sich dann auf einen der Barhocker, als täte sie das ständig, um sich zu informieren: »Ist meine Limonade fertig?«

»Das ist sie, Miss Lilian.« Die Barkeeperin steckte noch eine Orangenscheibe an das Glas, in das sie eben das Eis gekippt hatte, und goss aus ihrem Shaker eine grünlich glitzernde Flüssigkeit darüber. »Bitte schön!«

»Arigatou, Kiharu«, erwiderte das Mädchen und blickte das Getränk mit leuchtenden Augen an. Charlotte musste grinsen. Zu gerne hätte sie behauptet, dass die Kleine sie an sich selbst als Kind erinnerte. Doch das Gegenteil war der Fall: Sie wirkte so, wie Charlotte sich gewünscht hätte, als Kind gewesen zu sein.

»Und was ist das für eine Limonade, wenn man fragen darf, Miss Lilian?«, fragte sie neugierig, während das Mädchen an ihrem Strohhalm sog.

»Kiharus Geheimrezept. Sie müssen sie fragen«, entgegnete das Kind und zuckte mit den Schultern. »Für mich ist es die grüne. Es gibt aber auch eine rote und eine gelbe.«

»Hm. Dann sind Sie also Kiharu?«, fragte Charlotte die Barkeeperin.

»Das bin ich, Miss Williams.«

»Ob ich mir wohl auch so eine grüne Limonade wünschen dürfte?«

»Selbstverständlich!« Schon griff die Barkeeperin nach ihrem Werkzeug und begann, einen neuen Shaker zu füllen.

»Ist es wirklich ein Geheimrezept?«

»Sehr geheim!«, betonte die Japanerin mit einem verschwörerischen Augenzwinkern. »Und sehr alt.«

»Dann bin ich sehr gespannt!«

Die Limonade war in der Tat köstlich. Offenbar hatte Kiharu verschiedene Kräuter hineingemixt, und es gehörte nicht viel Fantasie dazu, sich auszumalen, dass es Gewächse aus der Umgebung waren. Charlotte stellte sich vor, wie die zierliche Japanerin in den frühen Morgenstunden über die schroffen Klippen kletterte, um Pflanzen zu pflücken, wie sie behutsam Waldmeister, Gelbwurz, Andorn, Wilde Minze, Melisse, und was es sonst noch geben mochte im rauen Norden, einsammelte, um dann eine magische Mischung zusammenzustellen.

»Sie ist wunderbar!«, erklärte Charlotte.

Kiharu lächelte und neigte ein wenig den Kopf, dann wandte sie sich um und beschäftigte sich mit der Kaffeemaschine, um andere Gäste, die in der Lobby saßen, zu bedienen.

»Sie sind zum ersten Mal hier«, stellte Miss Lilian fest, ohne den Strohhalm aus dem Mund zu lassen.

»Sieht man das?«

Wieder zuckte das Mädchen mit den Schultern.

»Und du? Warst du schon öfter hier?«

»Wir sind jedes Jahr zu Weihnachten in diesem Hotel.«

»Wirklich?« Lilians Eltern mussten ziemlich wohlhabend sein, wenn sie sich alljährlich einen Weihnachtsaufenthalt im Grandhotel leisten konnten. Gut, im Grunde musste jeder ziemlich wohlhabend sein, der hier abstieg.

Als sie ihre Jacke von der Garderobe genommen hatte, war Charlottes Blick an der Tafel mit den Preisen hängen geblieben, die sehr diskret neben dem Safe angebracht war. Sie hätte jetzt noch keuchen können, wenn sie daran dachte. Was mochten das für Leute sein, die sich solchen Luxus leisteten?

Cheers!

Das 24 Charming Street lag auf einer kleinen Landzunge einer großen Landzunge und – wenn man von dem parkähnlichen Garten absah, der aber nun unter einer feinen Schneeschicht verborgen war – unmittelbar über einer schroff abfallenden Felsformation. So spektakulär die Aussicht, so unwirtlich im Grunde dieser Ort. Denn hier gab es nichts: keine Obstgärten, keine Felder, keine Weiden. Es war, wie man so schön sagt, das Ende der Welt, an dem Charlotte Williams gelandet war und an dem ihr nun ein so eisiger Wind um die Ohren blies, dass sie sich schon nach wenigen Minuten nach einem schützenden Winkel umsah. Beherzt war sie ausgeschritten und hatte sich aufgemacht, den Blick aus ihrem Fenster zu erwandern. Keine gute Idee, wenn man Winterkleidung nach Londoner Maßstäben im Gepäck hat und vor allem: keine dicke Mütze. Der Zeichenblock, den sie stattdessen in der Tasche hatte, blieb, wo er war. Denn so eisig wie ihre Finger waren, war an Arbeit nicht zu denken.

Immerhin, nach einer kleinen Strecke kreuzte der Trampelpfad, dem die Wandersfrau gefolgt war, eine schmale Straße (mutmaßlich die Charming Street), wo in diesem Moment ein Autobus entlangkam. Obwohl Charlotte kein Zeichen gegeben hatte, blieb der Fahrer stehen und öffnete die Tür.

»Staffin?«, rief der Mann und winkte ihr, einzusteigen.

»Pardon?«

»Sie wollen Richtung Staffin?«

Wenn Charlotte eines nicht wollte, war es, Richtung Staffin zu fahren – schon weil sie keine Ahnung hatte, wo Staffin lag und was sie dort hätte anfangen sollen. Andererseits: ein schön warmer Bus, wo sich Kraft tanken ließ …

Harold erwies sich als eine Art Gesellschaftskolumne auf vier Rädern, aber auch als großes Archiv an historischem Wissen, an dem er seine Fahrgäste nur zu gerne teilhaben ließ. In dem Fall bedeutete dies, dass er Charlotte aus London nicht nur alles über die jüngsten Ehezerwürfnisse in Edinbane, Colbost und Glenbrittle offenbarte, sondern auch, dass sie rasch und umfänglich über die Krampfadern seiner Schwägerin Catriona, über die zwei Lausejungen aus Trumpan (die ein Fischerboot geklaut hatten und damit bis nach Irland gefahren waren), über die miserablen Löhne bei der regionalen Busgesellschaft und die legendären Whiskyabende im Stein Inn in Waternish informiert war. Außerdem erfuhr sie Bemerkenswertes über Harolds Vorgänger (und Vorvorgänger) auf der Buslinie und durfte im Vorbeifahren einem kurzen Vortrag über Duntulm Castle lauschen, von dem wenig mehr als ein paar malerische Mauerreste übrig geblieben war – wenn man von den Geistern absah, die vor allem in den Sommernächten über der Ruine spukten und schon mehr als einen unvorsichtigen Touristen zum tödlichen Sprung über die Klippen genötigt hatten.

Nachdem Harold zu guter Letzt auch noch alle wichtigen Details zu seiner Jugendliebe Brianna preisgegeben hatte, die vor vielen Jahren wohl eher leidenschaftliche als gruselige Stunden mit ihm in der Schlossruine verbracht hatte, stoppte der Busfahrer unvermittelt seinen Redefluss und fragte:

»Und Sie?«

»Pardon?«

»Was hat Sie dazu bewegt, mitten im Winter auf unsere schöne Insel zu kommen?« Er drehte sich zu ihr um, während er traumwandlerisch sicher eine weitere enge Kurve nahm.

Charlottes Magen drehte sich auch um. »Es… nun, es war eine Überraschung«, sagte sie und starrte wie gebannt auf die Straße, die an dieser Stelle so schmal war, dass unmöglich zwei Fahrzeuge sie gleichzeitig passieren konnten (nicht nötig zu erwähnen, dass just in dem Moment ein Lieferwagen entgegenkam).

»Liebesdinge!«, rief Harold erfreut und nickte eifrig.

»Liebesdinge?«, keuchte Charlotte und deutete auf die Straße.

»Sie haben sich in einen unserer prächtigen Insulaner verliebt und ihn mit Ihrem Besuch überrascht«, schloss Harold zwar falsch, aber haarscharf: Haarscharf nämlich wich er ohne mit der Wimper zu zucken dem Lieferwagen auf der einen Seite aus sowie – noch haarschärfer, wenn man das so sagen kann – dem Abgrund auf der anderen Seite. Bei alledem fand er noch die Gelassenheit, dem Fahrer des Lieferwagens zuzuwinken.

»Nicht ganz«, erklärte Charlotte, als sie wieder Luft kriegte. »Ich habe eine Reise geschenkt bekommen. Das heißt, eigentlich nicht die Reise, sondern den Aufenthalt. Ganz überraschend.«

»Das Charming Street!«, rief Harold und lachte dröhnend. »Warum haben Sie das nicht gleich gesagt?«

»Sie kennen den Brauch?« Natürlich kannte er den Brauch. Harold kannte alles und jeden auf dieser Insel. Falls es mal eines Chronisten bedurfte, man würde den Busfahrer fragen und jede wichtige oder noch so unwichtige Information erhalten.

»Da kann man nur gratulieren«, erklärte Harold. »Das ist eine schöne Sache.«

»Ja«, seufzte Charlotte. »Das ist es.« Und dann stand sie auf, weil der Bus nach einer gefühlten Weltreise unvermittelt wieder neben dem kleinen Grandhotel angekommen war. »Danke für diese wunderschöne Fahrt mit Ihrem Bus«, sagte sie. »Und für die vielen spannenden Geschichten.« Sie kramte nach ihrer Geldbörse. »Was bin ich Ihnen denn schuldig?«

»Mir? Nichts. Wussten Sie nicht, dass die Fahrten mit den öffentlichen Verkehrsmitteln der Insel für die Gäste des 24 Charming Street frei sind? Oder vielmehr, dass sie im Preis enthalten sind?« Er zwinkerte ihr zu.

»Na ja, da ich nichts zahle, kann ich das wohl nicht gut in Anspruch nehmen«, erklärte Charlotte und nahm zögerlich zwei Pfundnoten heraus.

»Ach was«, erwiderte Harold und winkte ihr, auszusteigen. »Ich muss weiter. Behalten Sie Ihr Geld für sich. Inklusive heißt inklusive.«

»Ja dann … Danke!«

»Mit dem größten Vergnügen, Miss.«

Und weg war er.

»Wie ich sehe, haben Sie sich schon mit unserem insel-
umspannenden Kommunikations- und Informations-
netzwerk bekannt gemacht, Ma'am«, grüßte sie der Portier mit seinem selbstverständlichsten Lächeln.

»Kommunikationsnetzwerk?«

»Harold.«

»Oh. Ja.« Charlotte blickte beschämt zu Boden.
»Nicht, dass ich ihn ermutigt hätte…«

»Aber Miss Williams, wo denken Sie hin?«, rief Richard.
»Wenn man einen Menschen nicht ermutigen muss, dann
ist es der gute alte Harold. Schon gar nicht außerhalb der
Saison.« Ein skeptischer Blick auf ihren Mantel. »Sie denken daran, dass es auf der Insel mitunter ziemlich frisch
werden kann?«

Ziemlich frisch war unbedingt die Untertreibung des
Jahrhunderts. Der Wind hatte jedes bisschen Wärme aus
Charlottes Innerstem vertrieben. »Ich habe es gemerkt,
Mr… Richard. Vielleicht sollte ich mir jetzt einen Tee
aufs Zimmer bestellen.«

»Das scheint mir eine fabelhafte Idee zu sein. Wenn
ich mir eine Empfehlung erlauben darf: Der Talisker
wäre vielleicht eine gute Wahl.«

»Talisker. Hm. Ja, dann werde ich den mal probieren.«
Auch wenn ihr diese Sorte nichts sagte, fand sie, dass
Richard wohl am besten wissen musste, welche von den
Teesorten, die das Haus im Angebot hatte, besonders
fein war. Sie wollte gerade auf ihrem Zimmer zum Hö-
rer greifen, um den Room Service anzurufen, da klopfte
es an der Tür.

»Ja, bitte?«

»Sie hatten Tee bestellt, Ma'am?« Einer der Pagen

stand, wie aus einem alten Kinderbuch entlaufen, vor ihrer Tür und hielt ein Tablett in den behandschuhten Händen.

»Talisker?«, fragte Charlotte ungläubig.

»Absolut, Ma'am. Ausgezeichnete Wahl, wenn ich das sagen darf«, erklärte der Page und spazierte an Charlotte vorbei zu dem kleinen Tischchen am Fenster, wo er das Tablett absetzte und eine zierliche Eieruhr neben die Kanne stellte. »Wenn sie durchgelaufen ist, kippen Sie die Kanne einfach auf die andere Seite«, erklärte er. »Sie kennen das Prinzip?«

»Nein«, entgegnete Charlotte und bemerkte abermals, dass sie eigentlich etwas Geld zur Hand haben sollte, um ihm etwas zuzustecken.

»Es ist ganz einfach. Die Kanne steht jetzt so…« Er deutete auf das Gefäß, das aussah wie jede andere Teekanne auf der Welt – oder zumindest fast so. »Man kann sie aber auch so herum hinstellen.« Er kippte die Kanne ein klein wenig zur Seite, sodass Charlotte unwillkürlich zurückzuckte. »Beim ersten Mal erschrecken sich die meisten«, stellte der Page nüchtern fest und wackelte mit den Augenbrauen. »Passiert aber nichts. Seien Sie unbesorgt.«

»Verstehe. Danke. Und warten Sie!« Charlotte sah sich um und griff dann nach ihrer Handtasche. Doch der Page hob die Hand. »Vielen Dank«, sagte er. »Ich muss schnell weiter.« Im nächsten Moment war er verschwunden. Ohne Trinkgeld.

Das Patent war in der Tat gewöhnungsbedürftig. Ebenso wie der Tee. Denn Talisker schien keine besondere Teesorte zu sein und auch keine einzigartige Fermentierung, sondern ein spezielles Destillat. Charlotte war sich nicht sicher, ob in der Kanne mehr Tee war oder mehr Whisky. Die Insulaner schienen eine sehr eigene Auffassung von wärmendem Teegenuss zu haben. Aber ja, das immerhin musste sie dem Getränk zugestehen: Es heizte ein. Und wie! Schon nach dem zweiten Schluck breitete sich eine wohlige Wärme im Magen aus, nach dem dritten eine angenehme Zufriedenheit der Glieder. Nach der zweiten Tasse kam noch eine gewisse Leichtigkeit hinzu, die Charlotte geradezu über die dichten Teppiche des Hauses Richtung Restaurant schweben ließ (und die es ihr einfach machte, über das Stolpern an der Schwelle zum Rigg's Inn hinwegzusehen, wie sich der Speisesaal des Hotels in unvergleichlichem Understatement nannte).

Es gab nicht viele Kinder im 24 Charming Street. Das wunderte Charlotte nicht weiter. Denn Menschen mit Kindern haben meist nicht das nötige Kleingeld, in einem so exklusiven Haus abzusteigen. Außerdem schien es, als wären unter den Gästen doch einige, die womöglich Kinder hatten – nur eben nicht dabei. Paare, die sich von diesem Aufenthalt erhofften, wieder einmal ein klein wenig Zeit für sich selbst zu finden. Aber: an Weihnachten? Was taten dann die Kinder dieser Paare? Vertrieben sie ihren Großeltern die Einsamkeit? Wurden sie von der Nanny gehütet, die ihrerseits fern von zu Hause war, nur eben nicht zum reinen Vergnügen?

Diesen und anderen Fragen beschloss Charlotte auf

den Grund zu gehen. Zumal sie vom ersten Augenblick an das Gefühl gehabt hatte, dass sie in dieser eigentümlichen Umgebung viele Ideen für neue Kinderbücher haben würde, eigene, nicht nur zu illustrierende. Ja, es schien ihr geradezu, als habe ihr Geist auf eine solche Einladung nur gewartet. Und das hatte absolut nichts mit dem Talisker zu tun – oder jedenfalls fast nichts.

Am Empfang stand ein Mann namens Peter, wie sich seinem Namensschild entnehmen ließ, und begrüßte die Gäste, um ihnen anschließend einen Platz zuzuweisen.

»Miss Williams, wie schön, dass Sie uns heute Abend die Ehre geben«, fiel ihm zu Charlotte ein, die sich plötzlich schrecklich underdressed fühlte. Sanfte Pianomusik umschmeichelte die Chiffon- und Seidenroben der anwesenden Damen, die Herren glänzten mit Manschettenknöpfen, Schleifen und Lackschuhen – und sie stand hier in Jeans, Ankle Boots und einem Jäckchen von Selfridges, das sie im Sonderangebot erworben hatte.

»Guten Abend… Peter«, erwiderte sie. (Man lernte ja dazu.)

»Ich habe Ihnen einen Tisch in der Nähe unseres Pianisten reserviert, wenn das für Sie in Ordnung ist«, erklärte Peter und deutete in den Saal, wo an einem ausladenden Flügel ein erstaunlich alter Herr saß und mit feinem Lächeln die Gäste betrachtete, während seine Hände dem Instrument eine Nocturne von Chopin entlockten, als wäre das Stück auf dem Klavier programmiert. War Rubinstein wirklich schon tot? Oder saß er seit Jahren heimlich hier und bespielte die Gäste? Auch dass es sowohl im großen Salon ein Klavier gab als auch hier im Restaurant, beeindruckte Charlotte.

»Gerne«, sagte sie und wartete, dass sie platziert wurde.

Es wäre gelogen, zu behaupten, sie hätte sich nicht unwohl gefühlt, als sie zwischen den Tischen hindurchgeführt wurde, von den anwesenden Damen mit der ein oder anderen erhobenen Augenbraue beobachtet und von einigen der anwesenden Herren mit vielleicht etwas zu neugierigen Blicken. Der Pianist nickte ihr zu, sie nickte zurück, Peter rückte den Stuhl zurecht und entzündete die Kerze in der Mitte des kleinen Tischs. Dann hieß es, erst einmal bis zehn zählen. Und danach bis zwanzig. Was auch nicht viel half. Charlotte war nun einmal aufgeregt.

Nachdem ihr die Karte gereicht worden war und sie die wenigen, aber ausgewählten Tagesgerichte studiert und sich einen Überblick über das Weinangebot verschafft hatte, beschloss sie, dass Leach zumindest für etwas gut gewesen war in ihrem Leben (wenn man von den ersten drei oder vier blind verliebten gemeinsamen Tagen und vor allem Nächten absah) – er hatte es nur zu gern gemocht, ihr zu zeigen, wie man im Restaurant weltläufig bestellt und vor allem: was. Bei solchen Gelegenheiten kehrte er gerne den Aristokraten hervor, auch wenn sein Adelsprädikat etwas dürftig schien; im Oberhaus jedenfalls gehörte er eindeutig zu den unteren Rängen.

»Ja«, sagte sie schließlich zu dem Kellner, »dann hätte ich gerne das Lachs-Carpaccio mit nulleins Riesling, danach das Angus-Filet und nullzwei von Ihrem südafrikanischen Pinot Noir.«

»Eine exzellente Wahl, Ma'am«, beschied ihr der Kellner, nahm die Karte entgegen und war kaum eine

Minute später mit einem Gruß aus der Küche und einer Karaffe Wasser zurück. »Eine Pastete heimischer Kräuter mit einem pochierten Möwenei«, erklärte er. »Darf ich Ihnen dazu vielleicht einen Aperitif empfehlen? Unsere Barfrau hat für heute Abend eine wundervolle Kreation mit einem Schuss Rum und herben Weihnachtsgewürzen entworfen.«

Natürlich war das Amuse-Gueule göttlich und der Aperitif himmlisch. Die Fürsorge der Kellnerinnen und Kellner hätte nicht hingebungsvoller sein können und die Dessertkarte nicht perfider. Das Hinreißendste an diesem Abend aber war das Publikum, das Charlotte zu studieren die Möglichkeit hatte. Wann bekam man schon einmal die Schönen und Reichen dieser Welt so auf dem Silbertablett präsentiert wie hier!

Da war ein Paar in mittleren Jahren, das sich unablässig mit den liebenswürdigsten Mienen zankte. Man konnte es an ihrer Tonlage hören. Auch die paar Worte, die gelegentlich zu verstehen waren, waren zuckersüß. Keine böse Bemerkung schien über die Lippen zu kommen. Und doch: Das Lächeln der beiden war falsch, die Worte waren vergiftet. Charlotte stellte sich vor, wie die Ehefrau unablässig die Taschen ihres Mannes durchwühlte, um endlich einen Grund für eine teure Scheidung zu finden, während er unter der Dusche stand. Und wie er sich bei jeder Haarnadelkurve auf dem Weg hierher gefragt hatte, wie er es anstellen konnte, den Wagen samt Frau über die Klippen zu steuern, ohne selbst mit in den Abgrund zu stürzen… Schnell nahm Charlotte einen kräftigen Schluck von Kiharus Cocktail, um die gemeinen Gedanken zu verscheuchen.

Oder die Familie am anderen Ende des Saals, ein Paar mit zwei Kindern, die wie Püppchen am Tisch saßen, so adrett gekleidet und wohlerzogen waren sie. Kaum dass sie sich bewegten! Der kleine Junge, den man – wie Charlotte fand: fieserweise – in eine schottische Tracht gesteckt hatte und der also zum dunkelblauen Jackett mit Goldknöpfen einen Kilt und grob gestrickte Wollstrümpfe trug, wackelte nur manchmal mit den Beinen, die noch nicht ganz zum Boden reichten. Das Mädchen starrte scheinbar beleidigt auf seinen Teller, während die Eltern ihrerseits die Abendgesellschaft im Rigg's Inn studierten. Charlottes Blick kreuzte sich mit dem des Familienvaters, der prompt eine Augenbraue hob, als hätte er ihre völlig verfehlte Abendkleidung erkannt. Sie sah rasch zur Seite und erkannte, dass der Pianist ihr aufmunternd zulächelte, während er elegant in eine Swing-Version von Chaplins »Smile« wechselte. Und als hätte er eine Lampe in Charlottes Innerstem angeknipst, konnte sie nicht anders, als ebenfalls zu lächeln und ihr Glas in seine Richtung zu heben. Der alte Musiker quittierte es mit einem Zwinkern, und mit einem Mal fühlte sich Charlotte nicht mehr fremd in diesem vornehmen Restaurant, sondern vielmehr, als sei sie ein Teil einer großen Hotelfamilie, die sich hier versammelt hatte – und sei es als das sprichwörtliche schwarze Schaf.

Eine alte Dame in einem völlig aus der Zeit gefallenen Kleid, reich mit Schmuck behängt und – Charlotte musste zweimal hinsehen – mit einem zierlichen Diadem auf dem Kopf saß an einem anderen kleinen Tisch jenseits des Pianisten.

»Das ist die Principessa«, erklärte Miss Lilian, die plötzlich neben ihr stand.

Erstaunt blickte Charlotte sich um. »Guten Abend!«, sagte sie. »Du bist also auch hier?«

»Wir essen jeden Abend im Rigg's«, erklärte das Mädchen und verdrehte die Augen.

»Nun, ich nehme an, es gibt Schlimmeres«, entgegnete Charlotte amüsiert.

»Hm. Ja, gibt es wohl.«

»Und die Principessa? Isst die auch jeden Abend hier?«

Lilian beugte sich etwas näher zu Charlotte und flüsterte: »Ich vermute, sie wohnt hier.«

»Im Hotel?«

»Im Restaurant«, erklärte Miss Lilian und fügte verschwörerisch hinzu: »Ich habe sie noch nie woanders gesehen. Und sie ist *jedes Mal* hier, wenn wir kommen. Und jedes Mal, wenn wir gehen.«

»Denkst du denn, sie ist wirklich eine Prinzessin?«

»Jeder denkt das. Aber außer mir traut sich niemand, es zu sagen.«

»Principessa. Hm. Dann ist sie wohl eine italienische Prinzessin«, meinte Charlotte und betrachtete die behängte Dame, die zwar um tadellose Haltung bemüht, aber offensichtlich sehr gebrechlich war, unvermittelt mit ganz anderen Augen. Eine einsame alte Frau in der Fremde, die vor langer Zeit einmal in einem Palazzo gelebt hatte und nun im fernen Schottland ihre späten Jahre in einem weit abgelegenen Hotel verbrachte... Was sie wohl alles erzählen könnte aus ihrem Leben?

»Oh, da kommt meine Mum«, sagte Miss Lilian und deutete zum Eingang. »Ich muss wieder an den Tisch.«

Und schon war sie verschwunden und wartete mit der bravsten Miene der Welt an einem kleinen Tisch in der Nähe auf ihre Mutter, die in einem schlichten Etuikleid und mit etwas entrücktem Blick durch den Saal schritt. Augenscheinlich waren die beiden alleine im Hotel. Jedenfalls war von einem Vater nichts zu sehen. Vielleicht ja eine dieser üblichen Trennungsgeschichten, dachte Charlotte und widmete sich dem Lachs-Carpaccio, das wie durch Zauberhand vor ihr stand, und dem dazugehörigen Wein, auch wenn sie langsam der Verdacht befiel, sie könne es mit den geistigen Getränken bei ihrer Bestellung etwas übertrieben haben. Dass der Pianist sich entschloss, in diesem Moment auch noch »One For My Baby« von Sinatra zu spielen, bekräftigte sie in ihrer Scham bloß. Zum Glück war das Gericht ein Gedicht und erlöste sie aus allzu viel Grübelei. Denn wer konnte sich im Ernst auf die eigenen Unzulänglichkeiten konzentrieren, wenn ihm die Geschmacksknospen multiple Höhepunkte bescherten? Also: im kulinarischen Sinne?

Als hätte sie nicht mehr als genug gegessen, erwartete Charlotte auf dem Zimmer, in das sie sich nach einem letzten Gläschen Highland Single Malt, der »in einer kleinen Destillerie gebrannt wird, die am anderen Ende der Bucht liegt und jedes Jahr nur sieben Fässer produziert«, hinaufgekämpft hatte, noch ein süßer Gruß in Form eines exquisiten Pralinés, ein Whisky-Trüffel, wie man sich unschwer denken kann. Weshalb auf dem Kärtchen daneben »Unser kleiner Abendseufzer für eine gute Nacht« stand, beantwortete sich Charlotte gleich selbst. Und nur ganz kurz, in der halben Minute zwischen dem Sich-niedersinken-Lassen und dem Sich-weg-Träumen, schlich sich ein leises Bedauern in Charlottes Bewusstsein, dass sie dieses unverhoffte Abenteuer (und dieses unendlich weiche, duftende Bett) nicht mit jemandem teilen durfte. Jemandem, der ihr ganz nah gewesen wäre. Ja, sehr gerne sehr nah …

Das Glück in vielen Formen

Eine Frage, die Charlotte schon seit der Abfahrt beschäftigte, nein, eigentlich schon, seit sie begonnen hatte, zaghaft an die Echtheit dieser geheimnisvollen Einladung zu glauben, war, wer sie wohl mit diesem Glücksgeschenk bedacht hatte. Es musste jemand sein, der im letzten Jahr zur Weihnachtszeit im 24 Charming Street logiert hatte, so viel hatte sie ja inzwischen erfahren. Doch je länger sie den Aufenthalt in diesem Hotel genoss, umso unwahrscheinlicher schien ihr, dass sie in ihrem Freundes- oder wenigstens engeren Bekanntenkreis jemanden hatte, der es sich leisten konnte, seine Weihnachtsferien an diesem zauberhaften Ort zu verbringen. Gewiss, Randolph und Ludmilla Soars, ihr Verleger und seine Frau, die das Geld mit in die Ehe gebracht hatte, von dem der Verlag lebte oder vielmehr: überlebte. Die beiden hätten es sich vielleicht nicht leisten können, aber sie hätten es sich zweifellos geleistet, zumindest wenn Ludmilla danach gewesen wäre. Doch die beiden hätten erstens niemals an Charlotte gedacht (das taten sie ja auch sonst kaum, vor allem nicht, wenn es um die Überweisung ihrer Honorare ging). Und zweitens fuhren sie alljährlich von Weihnachten bis Neujahr nach Chamonix, um dort ihren exklusiven Freundeskreis zu treffen und Ski zu fahren. Dann gab es noch Charlottes Studienfreundin

Fiona, deren Familie halb Sussex gehörte. Doch Fiona war an Weihnachten regelmäßig auf dem Familiensitz nahe Brighton. Alle anderen aus dem näheren Umfeld schlugen sich mehr schlecht als recht durchs Leben, das 24 CS war jedenfalls weit jenseits ihrer Möglichkeiten.

Nein, es gab schlicht niemanden, der als selbstloser Gönner in Betracht gekommen wäre – zugegebenermaßen niemanden, der Charlotte einfiel. Und das änderte sich auch nicht, als sie am nächsten Morgen – der Schnee war über Nacht verschwunden, jetzt beherrschten Ocker- und Brauntöne die Landschaft und dunkles Grau die See – den Speisesaal betrat, um bei einem opulenten Frühstücksbüfett die anwesenden Gäste zu beobachten und sich von einem geradezu kreislaufberaubenden Tiefschlaf zu erholen.

»Guten Morgen, Ma'am!«, grüßte Nick, der Page, der sie vom Bahnhof abgeholt hatte.

»Guten Morgen, Nicholas«, grüßte Charlotte zurück und versuchte, ein Lächeln aus ihrer trägen Miene zu formen.

»Möchten Sie vielleicht etwas Tee?«

Charlotte seufzte. »Kaffee wäre besser heute«, erklärte sie und erntete ein wissendes Grinsen.

»Kaffee. Kommt sofort«, sagte Nick und deutete ans andere Ende des Saals. »Hier drüben finden Sie das Büfett. Süßes auf der linken Seite, Herzhaftes auf der rechten. Die Teebar befindet sich in der Mitte …« Er wies zu einer Säule, an der ein prächtiger Samowar aufgebaut war, über dem sich eine Dampfwolke emporkräuselte, während rund um die Säule Kassetten mit den unterschiedlichsten Teesorten aufgebaut waren.

»Zu einer solchen Auswahl fehlt mir gerade sowieso die nötige Souveränität«, bemerkte Charlotte.

Der Boy nickte und erklärte: »Und Eierspeisen machen wir auf Wunsch frisch in der Küche.« Er beugte sich etwas vor und ergänzte leise: »Wenn ich etwas empfehlen darf – die Pancakes sind eine Sensation.«

»Klingt, als sollte ich die nehmen«, erwiderte Charlotte. »Also einmal Pancakes, bitte.«

»Mit dem größten Vergnügen!«, sagte Nick und verbeugte sich leicht, ehe er Richtung Küche entschwand.

Es waren einige der Gäste vom Vorabend im Frühstücksraum, der mit jeder Menge Mistel- und Stechpalmenzweigen geschmückt war. Manche der Herrschaften hatte Charlotte bisher aber noch nicht gesehen. Die alte Dame vom Vorabend saß, wie erwartet, an ihrem kleinen Tischchen in der Ecke und klopfte ein Frühstücksei auf, während eine der weiblichen Bedienungen ihr Tee nachgoss. Sie quittierte es mit einem kaum merklichen Nicken und widmete sich dann wieder der Lektüre ihrer Zeitung, wobei sie abwechselnd die Brille auf- und wieder absetzte, als könnte sie sich nicht entscheiden, wie sie nun schlechter sah und wie besser. Müde wirkte sie – und dabei doch hellwach. Nichts schien der »Principessa« zu entgehen, weshalb sie auch schon nach einem kurzen Moment Charlottes Blick auffing und ihr mit einem feinen Lächeln zunickte. Charlotte, ertappt, nickte zurück und versuchte, sie nicht weiter anzustarren.

Nun gut, das Büfett. Natürlich war es mehr als klein und mehr als fein. Aber es war nicht so, dass Charlotte sich geschämt hätte für die Dekadenz ihres unverhofften Urlaubs. Vielmehr hatte man sich offensichtlich Mühe gegeben, von allem das Beste und all dies so schön wie möglich zu präsentieren. Es bedeutete eben doch einen Unterschied, ob man Haferflocken in einer Plastikschütte zur Verfügung stellte oder in weißem Porzellan mit einem Silberlöffel, ob man Obstsalat aus der Dose kredenzte oder frisch zubereitet, ob die Croissants in kleinen Papiertütchen steckten und dufteten oder auf einem Haufen in einem Korb lagen. Und so staunte sie über die Liebe, die auf sämtliche Details in diesem Haus verwendet wurde, und genoss ihr fürstliches Morgenmahl, während wir uns an dieser Stelle dem Nachrichtenwesen des 24 Charming Street zuwenden.

Für den modernen Menschen bedeutet die Abwesenheit von Internet und Smartphone gemeinhin eine Daseinsform, die an vorgeschichtliche Epochen erinnert. Denn den *Homo modernus* trennt bekanntlich nur das Digitale vom gemeinen *Homo erectus*. Indes ist es keineswegs so, dass Nachrichten nicht ihren Weg ins 24 CS gefunden hätten. Nur eben vielleicht etwas langsamer. Die Hauptquelle der wichtigsten lokalen Neuigkeiten waren neben Harold, den Witwen Parrish aus Broadford (legendär wegen ihrer Muschelpastete *und* ihrer unbestechlichen Gedächtnisse) sowie den Fischerfrauen von Glenbrittle und Bualintur natürlich die Zeitungen: allen voran der *Daily Record*, mit großem Abstand aber auch Blätter wie die *Sun*, die *Times* oder der *Guardian*. Die *Times*, den *Guardian* und in größerer Zahl den *Daily Record* hielt das 24 CS für seine Gäste an jedem Tag bereit.

Und so fand sich unsere Protagonistin nach ihrem viel zu reichlichen Frühstück in der Hotelhalle wieder und blätterte in einem Exemplar dieser schottischen Traditionszeitung, um sich ein wenig auf den neuesten Stand zu bringen. Während auf sämtlichen Kontinenten größenwahnsinnige oder zumindest wahnsinnige Präsidenten jeder Moral sowie dem gesunden Menschenverstand und selbstredend der Wissenschaft trotzten, hielten die Nachrichten dies- und jenseits der Highlands Interessantes zu den Themen Puddingrezepte, Festdekoration und heiße Weihnachtsgetränke (gut, der hintere Teil des *Daily Record* auch zu heißen Weihnachtsdessous) bereit. Es wurde über die rechtzeitige Fertigstellung einer Fußgängerbrücke in Inverness berichtet und über die Neueröffnung der berühmtesten Fischbude von Thurso (das nach Charlottes Meinung selbst kaum größer als eine Fischbude sein konnte, immerhin war sie nicht sicher, jemals von dem Ort gehört zu haben). Alles in allem erwies sich die Lektüre als eine Art Intensivkurs in »Heile Welt«. Konnte es sein, dass in diesem kleinen Land im Norden alles irgendwie, nun ja, menschlicher war als im Rest der Welt – und speziell im lauten, hektischen, heftigen London?

Zu ihrem grenzenlosen Entzücken entdeckte Charlotte auf einem Tischchen – offenbar eigens diesem Zweck gewidmet – einen Stapel Papier, der sich bei näherer Betrachtung ebenfalls als Zeitung erwies: Die *24 CS Times* wurde täglich frisch für die Gäste des Hotels aufgelegt. Die Auflagenhöhe entsprach der Zimmerbelegung, die Themenwahl den Notwendigkeiten und Interessen der Gäste. Unter der reißerischen Schlagzeile »Countdown fürs Fest!« erfuhren die Leserinnen und Leser von den Vorbereitungen auf Weihnachten – im Haus und in der Umgebung. Wie geschmückt, wie gekocht und wie verpackt wurde. Ein Beitrag über »Die schönsten Weihnachtsbräuche der Isle« erzählte von versteckten Strümpfen, freigelassenen Hummern, Ehefrauen, die die Pantoffeln ihrer Männer trugen, und Kindern, die ihre Betten tauschten. »Der Duke of Edinburgh in geheimer Mission« berichtete von einem Auftritt des Königingemahls bei einer Wohltätigkeitsveranstaltung in einem kleinen Ort in den Highlands, wo er mit den Ärmsten der Armen seine eigenen Weihnachtsgeschenke teilte: zwei handgestrickte Pullis, eine riesige Salami, eine Kiste Bier und mehrere Bücher über den berühmten Geheimagenten Rudy Bluff. Leider stand nichts darüber zu lesen, wer die Pullover gestrickt hatte, wie sie »mit den Ärmsten der Armen« geteilt worden waren, wer um alles in der Welt dem Herzog Salami und Bier schenkte – zu gerne hätte Charlotte auch gewusst, wie die Kiste Bier verpackt gewesen war – oder ob dieser hochadelige und hochmögende Herr tatsächlich rasante Kinderkrimis »ab 10« verschlang.

»Lust auf eine Partie Scrabble?«, fragte plötzlich Miss Lilian, die sich einmal mehr angeschlichen und auf den Sessel neben Charlotte gesetzt hatte, wo sie schon die Schachtel im Anschlag hielt.

»Also, ähm, ich lese gerade noch die Zeitung…«, erwiderte Charlotte, die nicht sicher war, ob es klug wäre, sich jetzt auf ein Spiel einzulassen. Sie erinnerte sich sehr gut, wie lange solche Partien früher gedauert hatten – ihre Eltern waren an manchen Abenden darüber verzweifelt.

»Ich warte«, beschied ihr Lilian.

Und wartete. Sie wartete mucksmäuschenstill. Vollkommen reglos. Und unglaublich penetrant. Sie musste Charlotte nicht einmal anstarren, um sie unter Druck zu setzen. Allein ihre Präsenz war eine einzige Anklage: Statt dich mit deiner neuen Freundin Lilian zu befassen, steckst du deine Nase in die Zeitung – hast du kein Herz? Seufzend ließ Charlotte die *Times* sinken und schlug vor: »Baust du schon mal auf?«

»Dachte ich mir, dass die Zeitung langweilig ist«, stellte Miss Lilian fest und öffnete ihre Schachtel. Eine Minute später war alles bereit, und der Sack mit den Buchstabenquadraten stand vor Charlotte.

Der Vormittag verging wie im Flug! »Wurzelechsen« und der »Wackelpuddingtopf« wurden geboren. »Schneckenhausputzer« und »Pupshosen« bildeten sich auf dem Brett. Über Wörter wie »unblöd« und »zichten« wurde eifrig diskutiert: »Wenn ich verzichten kann, dann muss ich auch zichten können!« – »Und was bitte schön soll zichten sein?« – »Kennst du nicht verzichten?« – »Doch, natürlich.« – »Siehst du, zichten ist das Gegenteil davon.« Hätte nicht irgendwann die Standuhr viermal glockenhell und einmal tief geschlagen, Charlotte wäre nicht im Traum darauf gekommen, dass es schon 1:00 p. m. war! »Kinderbuchautorin versäumt wegen Scrabble Weihnachten«, textete sie im Geiste eine Schlagzeile, die der schottischen Presse, namentlich der *24 CS Times*, würdig gewesen wäre. Oder: »Junge Frau von kleinem Mädchen im Brettspiel geschlagen.« Sensationsmeldungen eben, wie man sie in den Blättern dieser Region las.

»Ich denke, wir sollten langsam zum Ende kommen«, sagte Charlotte.

»Sind sowieso nur noch ein paar Steine übrig«, erwiderte Lilian. »Drei für dich, drei für mich?«

»Okay«, sagte Charlotte und zog PZF. »Hm.«

»Fein«, erwiderte Lilian, legte END auf das Brett und klatschte in die Hände. »Dann zähle ich mal zusammen.«

»Du musst gar nicht zählen. Jeder sieht, dass du gewonnen hast.«

»Doch, doch, das muss sein!«, erklärte Lilian und zählte.

Lächelnd beobachtete Charlotte ihre kleine Freundin und fragte sich, ob sie auch mal so aufgeweckt und liebenswert gewesen war. Vermutlich hing die Antwort auf diese Frage davon ab, wem man sie stellte. Anders als bei Lilian. Die war schon sehr besonders.

So wie Richard. Der war auch sehr besonders. Nach dem überwältigenden Frühstück hatte Charlotte beschlossen, auf Lunch zu verzichten und stattdessen der Frage nachzugehen, die sie seit Tagen, ach was, Wochen beschäftigte: Wer ihr zu dieser Einladung verholfen hatte!

Der Portier stand hinter seiner Theke und sortierte Papiere. Als er Charlotte aus den Augenwinkeln wahrnahm, legte er aber sogleich alles beiseite und wandte sich ihr zu.

»Miss Williams! Was kann ich für Sie tun?«

»Richard! Zunächst einmal muss ich Ihnen ein Kompliment machen. Ich …« Sie senkte ihre Stimme, weil ihr in den Sinn kam, dass ein solches Bekenntnis peinlich sein könnte, wenn es von den falschen Ohren erlauscht wurde. »Ich war noch nie in einem so schönen Haus. Es ist wirklich ganz zauberhaft hier.«

»Das freut mich, Miss Williams«, erwiderte Richard. »Seien Sie versichert, wir geben uns täglich alle Mühe, derer wir fähig sind.«

»Das glaube ich Ihnen sofort. Wenn man bedenkt, wie viele Jahre dieses Hotel schon existiert ... Es muss unendlich anstrengend sein, alles immerzu in Schuss zu halten.«

»Nun, wir tun, was wir können, Ma'am.«

»Und es ist sicher auch sehr teuer.«

Der Portier zuckte mit den Achseln und lächelte eine Spur unverbindlicher als sonst. Aha, dachte Charlotte, über Geld spricht man nicht. »Diese Einladung ...«, sagte sie zögernd.

»Sie wüssten gerne, wer Sie dafür vorgeschlagen hat.« Keine Frage. Eine Feststellung.

Charlotte lachte. »Sie sagen es.«

»Tja, Ma'am, es tut mir leid. Aber ich könnte es Ihnen nicht einmal verraten, wenn ich es wollte.«

»Weil?«

»Weil wir auf unseren Wahlkärtchen keinen Absender erwarten. Wir wissen selbst nicht, wer eigentlich wen vorgeschlagen hat. Am Weihnachtstag stellen wir hier ...« Er deutete an den Rand seiner Theke. »... unseren Weihnachtspostkasten auf. Unsere Wahlurne sozusagen«, erklärte er, nun wieder mit seinem unvergleichlich warmherzigen Lächeln.

»Verstehe. Und eines der Wahlkärtchen wird dann gezogen. Und dann benachrichtigen Sie die Gewinnerin oder den Gewinner.«

»Sie sagen es, Ma'am.«

»Und auf den Wahlkärtchen steht nicht, wer es abgegeben hat.«

»Richtig. Sie werden es am Vorabend Ihrer Abreise selbst sehen.«

»Am Vorabend? Sie meinen, ich darf ebenfalls eine Person benennen, der ich einen Aufenthalt im 24 Charming Street wünschen würde?«

»Gewiss, Ma'am! Sie sind doch Gast bei uns!«

»Aber kein zahlender.«

»Ach, so denken wir nicht, Ma'am. Wer hier logiert, soll sich fühlen wie ein Fürst. Oder eine Fürstin. Wenn Sie durch diese Tür treten, Ma'am …« Er nickte zum Eingang hin, wo in diesem Augenblick ein beleibter Herr im schweren Wintermantel und mit russischer Pelzmütze erschien. »Dann ist dies hier Ihr Reich.«

Ein Fürst, dachte Charlotte. Ja, so sah er wahrlich aus. Wie ein russischer Großfürst aus vergangenen Zeiten. Vielleicht lebten ja solche Menschen an solchen Orten ihre Sehnsucht nach einstigem Glanz.

»Das haben Sie schön gesagt, Richard«, erklärte sie und nickte ihm zu.

»Danke, Ma'am. Gibt es sonst etwas, das ich für Sie tun kann?«

»Nein, Richard, das war es schon. Vielen Dank.«

Eine Fürstin. Fühlte sie sich so? Wer konnte das schon sagen? Nur Fürstinnen wussten, wie Fürstinnen fühlten. Aber eines merkte Charlotte sehr wohl: Sie begann sich in diesem Haus zu verändern. Und es war ihr gar nicht unangenehm, auf welche Weise. Inzwischen konnte sie die dienstbaren Geister des Hotels schon beim Vornamen nennen, ohne sich wie eine Hochstaplerin vorzukommen.

Auf ihre Frage, wer ihr denn nun das Vergnügen dieses Aufenthalts verschafft hatte, hatte sie keine Antwort gefunden. Stattdessen begann eine neue Frage sich in ihr Bewusstsein zu schleichen: Wen sollte sie benennen, nun, da sie wusste, dass auch ihr das Privileg zuteilwurde, jemanden für einen solchen Aufenthalt vorzuschlagen?

Auch die vom Schnee befreite Landschaft übte einen ganz eigenen Reiz aus. Es war eine Art melancholischer Schönheit, in die sich die winterliche Insel gewandet hatte. Diesmal hatte Charlotte beschlossen, nur die unmittelbare Umgebung des Hotels zu erkunden. Da war nicht viel: eine Kreuzung in der Nähe, an der sich das etwas windschiefe Bushäuschen befand, ein Postkasten der Royal Mail, dessen leuchtendes Rot zur Meerseite hin von einer grünen Moosschicht überzogen war, ein paar unleserliche Wegweiser, eine Ruine, die womöglich von einer alten Kirche herrührte und nun offenbar zur Schafweide umgewidmet worden war, ein Pavillon, von dem aus man einen erhebenden Blick auf die See und auf die Küste des schottischen Festlands hatte (an Sommertagen zweifellos der schönste Ort der Welt)... Und immer wieder die Ansicht des Hotels, das wie ein verwunschenes Schloss aus fernen Zeiten wirkte.

Sie war so sehr in die Betrachtung der Schönheit dieser Insel versunken, dass sie gar nicht merkte, wie sich ihr kleiner Spaziergang zu einem ordentlichen Marsch auswuchs und wie ihre Zehen langsam zu Eisklötzchen wurden. Immerhin fror sie sonst nicht, weil sie so energievoll ausgeschritten war, dass sie sich selbst in ihrem Londoner Mantel einheizte (wobei die drei Pullis, die sie übereinander angezogen hatte, ihr Übriges taten). Irgendwann stand sie vor einem Haus, das, am Rand eines kleinen Orts gelegen, so einladend auf sie wirkte, dass sie unvermittelt beschloss, in den *Flodigarry Boatsmen* einzutreten, ein Pub, wie man es nur noch auf dem Land fand, auf jeden Fall weit weg von London oder Birmingham oder Manchester.

Schon nahm ein Bild von diesem Gebäude mit den grünen Fensterläden und dem grünen Schild über dem Eingang Gestalt in Charlottes Kopf an, schon meinte sie den Duft von Haggis, Cullen Skink und anderen köstlichen Seltsamkeiten der schottischen Küche zu erahnen. Charlottes Großmutter hatte sie in der Kindheit manches Mal mit Haggis gequält, einer wurstartigen Spezialität aus Innereien, Zwiebeln, Hafermehl und Unmengen Pfeffer (vermutlich, damit man sie überhaupt hinunterbekam). Von Cullen Skink wusste sie nur, dass es ein Eintopf war, der aus geräuchertem Fisch und Lauch zubereitet wurde. Unter anderen Umständen hätte ihr der bloße Gedanke an diese Gerichte den Magen gehoben. Aber heute war sie so glücklich und dankbar über die Zeit, die ihr hier auf der Insel geschenkt worden war, dass sie sich wünschte, diese Weihnachtsferien nähmen nie ein Ende – und dass sie innerlich sogar über den Geruch schottischer Absonderlichkeiten jubelte, als sie die Tür zum Lokal öffnete. Bis ihr Telefon läutete, übrigens mit diesem lächerlichen Klingelton, den ihr Leach

ganz zu Beginn ihrer Partnerschaft eingerichtet hatte –
»Rule, Britannia!« – und den sie sich trotz der Demü-
tigungen, die sie erlitten hatte, nicht zu ändern aufraffen konnte. Sie hätte das Handy beinahe fallen lassen, so
überrascht war sie. Dass prompt die Stimme von Leach
am anderen Ende der Verbindung ertönte, übrigens in
dem typischen versnobt-nasalen Aristokraten-Englisch,
das er sich angewöhnt hatte, ließ ihr das Gerät dann tatsächlich kurz entgleiten (von den Gesichtszügen ganz zu
schweigen). Mit der Folge, dass es beim gönnerhaft ge-
näselten »Hallo, Charlie« blieb.

Dankbar blickte Charlotte auf den schwarzen Bildschirm, steckte das Smartphone weg und trat ein in die
hehren Hallen des *Flodigarry Boatsmen*. Wobei sich die
Räumlichkeiten auf einen eher kleinen Gastraum mit
einem dazu relativ galaktischen Tresen beschränkten.
An den schmalen Tischen, die dicht an dicht standen,
drängten sich die Besucher (kein Wunder, dass die Landschaft so menschenleer war, wenn sich alle in die paar
Pubs quetschten), an der Theke schien gerade noch ein
Hocker genau auf sie gewartet zu haben. Auch wenn es
Charlotte etwas seltsam schien, dass schon ein Half-pint
eingeschenkt davorstand. Aber der Spaziergang hatte
sie ohnehin durstig gemacht – und sogar hungrig! Sie
nickte dem Barmann zu und fragte: »Was können Sie
denn heute zum Lunch empfehlen?«

»Wir haben Rumbledethumps.«

»Okay«, erwiderte Charlotte einigermaßen ratlos.
»Und das wäre ...«

»Das wäre meine Wahl.«

»Wenn Sie meinen ... Dann bitte einmal das.«

»Rumbledethumps?«

»Genau.«

»Kommt sofort.«

Wenn sie dachte, das Wort wäre unaussprechlich, dann wurde sie eines Besseren belehrt, als der Barmann die Bestellung durch eine kleine Luke nach hinten in die Küche rief (für eine halbwegs korrekte Übertragung in Lautschrift fehlen an der Stelle leider entsprechende Zeichen, weshalb wir im Schrift-Schottisch bleiben).

»Schmeckt mein Bier?«, fragte ein Mann, der plötzlich neben Charlotte an der Theke stand.

»Oh! Das war Ihr Platz?«

»Dachte ich zumindest.«

»Verstehe. Ähm. Tut mir leid. Ich setze mich woandershin.« Seine Augen erinnerten Charlotte an ... Sie überlegte.

»Das wird nicht einfach, Miss.«

Sie blickte sich um. In der Tat, alle Plätze waren besetzt. »Ich könnte mich ... also, ich sollte vielleicht ...«

»Wir können uns den Platz teilen«, erklärte der Mann und nickte dem Barkeeper zu: »Noch ein Half-pint für mich, bitte.«

»Teilen?« Wollte er sich etwa auf ihren Schoß setzen? Oder sollte am Ende sie sich auf ...

»Wenn Sie ein Stückchen rücken – ich kann gerne stehen.«

»Ähm, ja. Natürlich.« Sie rückte mit dem Barhocker ein wenig zur Seite.

»Zum ersten Mal in Flodigarry?«

Charlotte nickte. »Genau genommen war ich noch nicht mal im Ort. Ich kam von Süden.«

»Na, von Ort kann man ja kaum sprechen hier«, sagte der Mann, der wenig älter als Charlotte sein mochte. Er erinnerte sie irgendwie an Nick. »Und Sie sind von London geflüchtet, weil Sie endlich ein wenig Ruhe an Weihnachten gesucht haben.«

»Woher wissen Sie, dass ich aus London komme?«

Ein Blick, eine leicht gehobene Augenbraue.

»Oh. Natürlich, verstehe. Man hört es.«

»Die Menschen hier erkennen einen Engländer daran, wie er hustet«, erklärte der Mann. »Londoner erkennen sie schon am Schweigen.« Er hielt ihr die Hand hin. »Paul McDrummond, freut mich.«

»Mich auch«, sagte Charlotte. »Charlotte. Williams.«

»Englischer geht nicht.« Paul grinste.

»Stimmt«, gab sie zu. Nicht nur die Augen, auch das Lächeln … Fast, als würde sie ihn kennen, dachte Charlotte fasziniert.

Sein Bier kam. Ihr Rumbledethumps auch.

»Wow! Sie haben nicht Fish 'n' Chips gewählt?«

»Hätte ich?«

»Ganz und gar nicht. Ich freue mich, dass Sie sich für die schottische Küche entschieden haben«, meinte Paul. »Das ist sympathisch.«

»Ich finde eher, das ist normal. Wozu sollte ich englisch essen, wenn ich doch hier bin?« Sie blickte auf den Teller. »Was *ist* das?«

»Stampfkartoffeln, gerösteter Kohl und Zwiebeln, das alles überbacken mit Cheddar. Einfach und gut.«

Genau das war es: einfach und gut. Wie das Gespräch mit Paul, der sich dasselbe bestellte, ihr ein wenig von der Insel und den Menschen hier erzählte, erklärte, wie der

75

Pub zu dem Namen gekommen war, obwohl es in Flodigarry keinen Hafen gab; der gestand, dass er selbst viel zu selten vor Ort war, weil ihn die Arbeit mal nach Liverpool, mal nach Glasgow verschlug, dass er Weihnachten aber unbedingt bei der Familie verbringen wollte (zumindest solange er keine eigene hatte). Und auch sonst hatte er so viele Geschichten auf Lager, dass der Pub bereits merklich leerer geworden war, als sie endlich beim Cranachan angelangt waren: einem Nachtisch, bei dem Charlotte spontan beschloss, keinesfalls den Bus abzuwarten, sondern dem ausgiebigen Marsch vom Vormittag auch noch einen am Nachmittag folgen zu lassen, so üppig war er – nicht nur, weil sie ihn mit Tee *und* einem doppelten Whisky genossen.

Paul hatte darauf bestanden, Charlotte einzuladen. »Jeder Schotte würde das tun«, hatte er argumentiert. »Noch dazu, wo Sie sich für unsere einheimische Küche entschieden haben! Übrigens ist es ein Vorurteil, dass die Schotten geizig wären. Aber das finden Sie sicher rasch selbst heraus.« Und er hatte Geldbörse und Schlüsselbund aus seiner Tasche genommen.

»Oh! Sie haben auch so einen entzückenden Schlüsselanhänger von der Eisenbahngesellschaft!«

»Demnach sind Sie auch mit dem guten alten Sleeper gefahren?« Man schien sich hier einig zu sein, dass dem Vorgänger der Vorzug zu geben war.

»Bin ich«, erklärte Charlotte und zog ihren Miniaturwaggon hervor.

Paul betrachtete ihren roten und seinen grünen kleinen Eisenbahnwaggon. »Ich frage mich, ob man sie aneinanderkoppeln kann?«

Charlotte hob die Schultern. »Vielleicht müssen Sie nur das passende Gegenstück finden«, sagte sie leichthin.

»Ja. Vielleicht.«

Als Charlotte viel, viel später wieder zum Hotel kam (»Ich begleite Sie, mein Elternhaus liegt in der Richtung«), stellte sie fest, dass sie sich in einem seltsamen Zustand befand: Einerseits zog die Gravitation sie mit solcher Macht nach unten, dass sie am liebsten auf die Knie gesunken wäre, andererseits fühlte sie sich innerlich auf einmal ganz leicht.

»Also, das war wirklich nett mit Ihnen, Paul«, sagte sie, als sie vor dem Haupteingang stand, gleichermaßen müde und aufgekratzt. »Vielleicht sehen wir uns ja noch mal?«

»Ja, das wäre nett.«

Und weil der junge Mann zwar eloquent, aber offenbar dennoch dezent war, schlug sie vor: »Morgen Abend hier im Charming Street? Ich lade Sie auf einen Drink ein«, um noch im selben Augenblick zu erschrecken: Ob die Einladung ins 24 CS auch für Gäste der Gäste galt?

»Ins Charming Street?«

»Ins Charming Street«, bestätigte Charlotte. »Um neun?«

»Neun ist okay«, entgegnete Paul und wirkte so vergnügt, dass Charlotte ihr Herz hüpfen spürte. Und warum auch nicht! Sie hatte Zeit, sie hatte keine anderen Verpflichtungen – und Paul war ein charmanter Unterhalter. Es würde bestimmt eine nette Verabredung werden.

Er hob die Hand zum Gruß und schritt davon. Dass er dem Portier, der sie von drinnen beobachtete, noch zunickte, mochte wohl daran liegen, dass sich auf einer so kleinen Insel mehr oder weniger alle kannten.

»Ich sehe, Sie schließen erste Bekanntschaften auf der Insel, Ma'am«, freute sich Richard, als sie an ihm vorbeischritt.

So schön konnte die Welt sein! Wenn man nur Leach Wilkins-Puddleton auf genügend Abstand hielt.

Auch wenn es im Hotel kein Mobilnetz gab, so war doch das Handy zumindest nütze, um Aufnahmen dieses so besonderen Anwesens zu machen. Bald hatte Charlotte das 24 Charming Street mehrmals umwandert und dabei Dutzende von Fotos geschossen, mal Details wie die Giebelfenster, über denen Tannenschmuck angebracht worden war, oder den großen Mistelzweig vor dem Hauptportal, mal Ansichten des gesamten Gebäudes von der See oder der Seite der Auffahrt aus. Auch ein weinroter Rolls-Royce durfte ins Bild – oder vielmehr dessen Kühlerfigur Emily, die es Charlotte schon seit Kindertagen angetan hatte. Der Pavillon gab ein hübsches Motiv mit den schiefen, knorrigen Bäumen ab, die im Hintergrund vor der Klippe zu flüchten schienen. Ein Junge, der mit versonnenem Blick an einem der Fenster stand, eroberte ihr Herz im Sturm – sie hatte ihn im Hotel noch gar nicht gesehen. Wohin er wohl schaute? Er schien irgendetwas auf dem Festland oder auf dem Meer zu beobachten, aber Charlotte konnte nichts ausmachen, was von

Interesse gewesen wäre, als sie seinem Blick folgte. Vielleicht träumte er ja auch nur einen Tagtraum?

Als sie die Aufnahme prüfte, die sie von dem Jungen gemacht hatte, um enttäuscht festzustellen, dass das Licht dieses Nachmittags nicht mehr ausreichte für gute Bilder, entdeckte sie, dass es hier draußen neben dem Gartenzaun tatsächlich Empfang gab. Einem ersten Impuls folgend, tippte sie auf »Nachrichten«, doch noch ehe sie die erste las, schaltete sie das Handy aus und steckte es weg. Alles hier war bezaubernd. Aber wie würde dieser Tag aussehen, wenn Charlotte die Nachrichten kannte? Wenn sie wusste, was wer von ihr wollte? Wenn sie sich für die Dinge interessieren musste, von denen andere dachten, dass sie sich dafür interessieren sollte?

Als hätte sie einen Pilz gegessen, von dem sie nicht wusste, ob er giftig war oder genießbar, ging Charlotte mit einem seltsamen Gefühl im Magen über den winterlich welken Rasen wieder hinüber zum Haus und betrat es von der Gartenseite aus.

Im Salon lief im Hintergrund leise Musik, Kiharu stand an der Kaffeemaschine ihrer funkelnden Bar und hantierte so kunstvoll an ihr herum, dass sie damit zweifellos auch im Zirkus hätte auftreten können. An einigen Tischen saßen Gäste, in die Lektüre einer Zeitung vertieft, im Gespräch oder einfach in Gedanken, eine Tasse Tee in der Hand oder ein gutes Buch.

Bücher, stellte Charlotte einmal mehr fest, waren ein wichtiger Bestandteil des 24 Charming Street. Auf allen Fensterbänken stand eine Auswahl an Romanen, Sachbüchern, Biografien und – das freute die Kinderbuchillustratorin natürlich besonders – Kinderbüchern. Übrigens nicht nur die immer gleichen, die jeder kennt (und liebt) wie *Stuart Little* oder *Mary Poppins*, sondern köstliche Werke, von denen Charlotte die meisten noch nie gesehen hatte. Neugierig setzte sie sich an einen freien Tisch mit Blick auf den grauen Garten, der sich schon jetzt, am frühen Nachmittag, in ein trübes Abendlicht zu gewanden begann, und nahm eines dieser schönen Bücher nach dem anderen zur Hand.

Da gab es *Benjamin Fox*, die Geschichte eines gerissenen Fuchses, der von einer noch gerisseneren Maus zum Vegetarier umerzogen wird (was nicht nur der Maus das Leben rettet, sondern auch ganz neue Geschmackserlebnisse für den Titelhelden mit sich bringt). Oder *Meine Ferien auf den schottischen Inseln*, ein Bilderbuch, in dem eine Familie von Seehunden einen Ausflug auf die Hebriden unternimmt und dabei jede Menge neue Freunde findet (hinreißend illustriert von einer oder einem gewissen Tziu Shoba). Die Fabel von *Ella Elahi – Sultanine wider Willen*, einem Schaf, das sich im Palast der berühmten Königin von Saba verläuft und schließlich selbst für die Königin gehalten wird (so albern wie rührend; und mit interessanten Parallelen zu Charlottes aktueller Situation).

Diese und viele andere Kinderbücher blätterte unsere Protagonistin durch und vergaß darüber die Zeit, sodass sie, als sie aufblickte, erstaunt feststellte, dass es draußen bereits stockduster geworden war und sie als Letzte in der Lobby saß. Alle anderen hatten sich entweder zurückgezogen oder waren zum Essen gegangen. Ob man hier auch ausging, also woandershin als in das Rigg's Inn?

Hastig stellte Charlotte den kleinen Band mit Gedichten über die vierundzwanzig Jahreszeiten zurück, die man in Pengland erleben kann (wo, wie man ja schon am Namen erkennt, überwiegend Pinguine leben), und beeilte sich, auf ihr Zimmer zu kommen. Sie wollte sich noch etwas frisch machen und einmal richtig fein anziehen (soweit das ihre Garderobe zuließ), um dann hinunter ins hoteleigene Restaurant zu gehen.

Falls Charlotte erwartet hatte, denselben Tisch zugewiesen zu bekommen wie am Vorabend, so wurde sie enttäuscht. »Tut mir leid, Ma'am«, stellte Frederick fest, der an diesem Abend die Gäste des Rigg's Inn empfing. »Ihr Tisch von gestern Abend ist bereits reserviert. Wir haben uns erlaubt, Sie woanders zu platzieren. Wenn Sie mir folgen wollen?«

Zu ihrer Überraschung führte Frederick sie an den Tisch der alten Dame, die Miss Lilian die »Principessa« nannte.

»Wie schön, dass Sie meine Einladung angenommen haben«, sagte die Gastgeberin und deutete auf den Stuhl ihr gegenüber.

»Ihre … Einladung?« Charlotte sah sich um. »Aber ich wusste gar nichts davon.«

»Ach.« Die alte Dame winkte ab, während sie mit der anderen Hand nach ihrem Weinglas griff. »Das macht nichts, meine Liebe. Setzen Sie sich und stoßen Sie mit mir an.«

Frederick schob Charlotte den Stuhl zurecht, sie ließ sich überrumpelt nieder, ohne zu wissen, ob das eine gute Idee war. Zugleich stellte sie fest, dass auch das Glas an ihrem Platz schon gefüllt war – und sie ließ geschehen, was offenbar geschehen musste.

»Nun, ähm, danke«, erwiderte sie und hob ebenfalls ihr Glas. »Cheers.«

»Cheers, meine Liebe.«

Die Principessa trug an diesem Abend kein Diadem auf dem weißen Haupt, aber immerhin ein prachtvolles Collier um den schmalen Hals. Saphire von bemerkenswerter Größe, antikes Weißgold und Brillanten, die man heute vermutlich als verschliffen betrachten würde, die aber einst ein Vermögen gekostet haben mussten. Und dann entdeckte Charlotte, dass der zierliche Körper dieser alten Dame in einem Rollstuhl saß. Verlegen stellte sie fest, dass sie ihre Gastgeberin allzu neugierig gemustert hatte, als sie plötzlich deren Blick auffing – und ein kleines, spöttisches Lächeln.

»Soso«, sagte die Principessa. »Und Sie sind also unser Ehrengast in diesem Jahr.«

Charlotte nickte. »Ich weiß gar nicht, wie ich dazu gekommen bin. Verdient habe ich es jedenfalls nicht.«

»Nun, in der Hinsicht scheint es mehr als nur Ihre Meinung zu geben, meine Liebe.« Die alte Dame winkte der Kellnerin. »Euna, seien Sie so gut und bringen Sie uns zwei Gläser vom Dom Pérignon.«

Euna machte einen winzigen Knicks, murmelte: »Sofort, Ma'am« und verschwand.

»Und Sie sind …?«

»Ich bin hier so etwas wie das Maskottchen des Hotels«, erklärte die alte Dame würdevoll und unterdrückte ein Husten.

»Ich dachte, das wäre Richard«, sagte Charlotte und

fand, dass die Principessa wundervoll in ein Kinderbuch passen würde, in dieser hinreißenden Mischung aus Pracht, Glanz und Zerbrechlichkeit.

»Ach, der Gute. Er ist erst seit siebenundvierzig Jahren hier.«

»Oh. Verstehe.« Obwohl sie es eigentlich nicht wirklich verstand. Konnte man sein Lebensglück tatsächlich finden, wenn man sein ganzes Berufsleben am selben Ort zubrachte, immerzu darauf bedacht, andere glücklich zu machen? Andererseits: War es nicht auch das, was sie selbst sich bei ihrer Arbeit stets wünschte: andere glücklich zu machen mit ihren Bildern, mit ihren Zeichnungen, mit ihren Ideen? Vielleicht war ja ein Grund für ihre Skepsis, dass sie selbst nach wie vor auf der Suche nach dem Glück war und dass diese Suche, je länger sie dauerte, ständig größeren Raum für eine gewisse Melancholie schuf, die Charlotte mit sich herumtrug.

»Und Sie selbst, Ma'am?«

»Ich bin Harriett Penwick. Aber bitte nennen Sie mich Harriett. Ma'am ist ein Ausdruck, den ich nicht einmal beim Personal wirklich schätze.«

»Wie lange sind Sie denn schon hier? Ich meine, zu Gast… Harriett?« Es fiel ihr schwer, eine so würdige Dame, die gesellschaftlich zweifellos weit über ihr stand, beim Vornamen zu nennen.

»Oh, ich hätte schon vor siebzig Jahren abreisen sollen. Oder einundsiebzig?« Sie nickte Euna zu, die zwei Champagnergläser auf einem Tablett gebracht hatte und nun eines vor sie hinstellte. »Ein Privileg des Alters«, erklärte sie. »Dass man sich nicht rechtfertigen muss, wenn man Dinge vergisst.«

»Es sind wohl viele Stammgäste zur Weihnachtszeit hier«, bemerkte Charlotte, nachdem sie angestoßen hatten.

»Nicht nur zur Weihnachtszeit! Das 24 CS ist ein Haus, in dem man sich immer wiedersieht. Nicht alle können an Weihnachten kommen, aber es sind doch viele Gesichter, denen man auch letztes Jahr zu dieser Zeit hier begegnet ist. Dasselbe an Ostern oder in den Sommermonaten…« Sie schien einen Moment lang über all jene zu sinnieren, die nicht erschienen waren. »Die Menschen sind so«, sagte sie dann. »Wenn sie einmal etwas als besonders schön erlebt haben, versuchen sie, ihre Erlebnisse zu wiederholen.«

»Ich bin sicher, das gelingt ihnen im 24 CS auch«, stellte Charlotte voll tiefer Überzeugung fest.

Die alte Dame wiegte den Kopf. »Doch, ja. In vielen Fällen dürfte es gelingen. Zumindest gibt sich das Hotel alle Mühe. An den Mitarbeitern und am Service liegt es nicht, wenn sich das Glück nicht erneut einstellt.« Sie beugte sich vor. »Aber die Menschen selbst, die Gäste meine ich, sie verändern sich. Da kann manchmal der beste Service nichts ausrichten.«

Charlotte folgte dem Blick von Harriett quer durch den Raum zu einem Tisch, an dem ein Ehepaar mittleren Alters saß und schwieg. Während jedoch der Mann immer wieder nach der Hand der Frau griff, sich um sie bemühte, ab und zu das Wort an sie richtete oder dem Kellner ein Zeichen gab, ihr nachzuschenken, sah seine Begleiterin kaum jemals auf, sondern schien in ein dunkles Loch zu starren, das sich vor ihr mitten im Tisch auftat. Schön war sie, diese Frau, stolz und auf angenehme

Art elegant gekleidet. Und doch wirkte sie so traurig, dass Charlotte selbst unvermittelt eine gewisse Traurigkeit befiel, als sie sie betrachtete.

»Tragisch«, befand Mrs Penwick und hustete. »Es wird jedes Jahr schlimmer.« Charlotte wusste nicht, ob sie die Melancholie jener Frau meinte oder ihren eigenen Husten. Mit zitternder Hand nestelte sie ein Taschentuch aus ihrem Ärmel und tupfte sich die Lippen und die Augenwinkel.

»Aber warum?«

»Das weiß niemand. Ich glaube, das Hotel gibt ihr Freude, vielleicht sogar Vorfreude.«

»Vorfreude?«

»Wenn sie hier eintreffen, blüht Mrs Skjöllborn jedes Mal regelrecht auf. Aber je näher die Abreise rückt …«

»Skjöllborn? Es gibt einen berühmten Verlag, der so heißt.«

»Oh ja! Es ist das Verlegerehepaar.«

»Ach.« Charlotte liebte die Kinderbücher aus dem Hause Skjöllborn. Ihr Vater hatte ihr immer daraus vorgelesen. Vielleicht war es sogar damals passiert, dass sie begonnen hatte, Illustratorin werden zu wollen.

Charlotte nickte und inspizierte kurz die anderen Gäste, im Wesentlichen dieselben wie am Vorabend, versuchte sich vorzustellen, wie das zurückliegende Jahr sie wohl verändert haben mochte. Dann kam sie zu einem interessanten Punkt: »Und Sie, Harriett? Finden Sie Ihr Glück immer wieder hier?«

Die alte Dame lächelte geheimnisvoll, während sie ihr Taschentuch zurück in den Ärmel schob. »In meinem Fall liegen die Dinge etwas anders«, sagte sie schließlich und trank ihr Champagnerglas in einem Zug leer, fast, als wollte sie sichergehen, diesen Genuss noch zu erleben. »Aber bei mir ist es auch egal.«

»Weil?«

»Ich bin mit meinem Schicksal im Reinen«, erklärte Harriett. Sie unterdrückte ein weiteres Husten. »Ich muss nichts mehr suchen und auch nichts mehr finden.«

»Glücklich, wer das von sich behaupten kann«, murmelte Charlotte voll Bewunderung.

»Damit haben Sie sicherlich recht, meine Liebe. So gesehen…«

Nächtliche und tägliche Überraschungen

Falls Charlotte gehofft hatte, etwas mehr über die geheimnisvolle alte Dame zu erfahren (die im Gegensatz zu ihrem italienischen Spitznamen einen schottischen, wenn nicht gar deutschen Akzent hatte), so musste sie am Ende des Abends feststellen, dass eher Gegenteiliges geschehen war. Wie auch immer sie es geschafft hatte, Mrs Penwick hatte sie dazu bewegt, ihr praktisch ihr gesamtes Leben auszubreiten, und zwar nicht nur die äußeren Umstände, sondern auch die inneren Befindlichkeiten (einschließlich der überaus peinlichen Liaison mit Leach und ihrer Entdeckung, dass er keineswegs unter Bindungsängsten litt, sondern seit zehn Jahren verheiratet war und außerdem erwachsene Kinder aus erster Ehe hatte, womöglich gar eigene). Solchermaßen entblößt fand sich Charlotte Stunden später auf den Fluren des 24 Charming Street wieder.

Es war schon spät, als sie endlich auf ihr Zimmer kam, sich auszog, den Whisky-Trüffel auswickelte, sich zwischen die üppigen Kissen aufs Sofa setzte und allen Mut zusammennahm, um ihre Nachrichten aufzurufen, denen sie draußen im Garten Zugang zu ihrem Handy gewährt hatte. Und ja, sie fragte sich, ob es klug war, am

Abend des 22. Dezember das Wagnis einzugehen, womöglich schlechte Neuigkeiten zu riskieren, mit denen man sich am Ende noch Weihnachten verdarb – zumal sie ohnehin wenig bis nichts tun konnte. Sie logierte gerade am Ende der Welt – und würde inzwischen niemanden mehr erreichen, selbst wenn sie es gewollt und gekonnt hätte.

Es muss erwähnt werden, dass es mehrere Gründe gab, derentwegen es sich empfohlen hätte, die Welt außerhalb des 24 Charming Street ganz einfach ausgeblendet zu lassen. Doch der Mensch ist bekanntlich ein neugieriges und vor allem ein unvernünftiges Wesen. Weshalb der so unterhaltsame Abend leider in Mitteilungen mündete wie:

Sehr geehrte Mandantin,
wie Sie wissen, ist Ihre Steuererklärung zum 31.12.
fällig. Dieses Jahres! Eine weitere Fristverlängerung
war uns leider angesichts der mehrfach verspäteten
Abgaben in den letzten Jahren nicht möglich.
Ich bitte Sie hiermit letztmalig, uns die erforder-
lichen Unterlagen zukommen zu lassen, wenn Sie
nicht riskieren wollen…

Hastig schloss sie die Nachricht wieder und rief eine andere auf.

Sehr geehrte Ms Williams!
Leider haben wir Sie abermals nicht angetroffen.
Sie werden verstehen, dass wir unter diesen
Umständen…

Die Hausverwaltung! Hatten diese Leute denn nicht einmal so kurz vor Weihnachten Besseres zu tun, als Forderungen einzutreiben? Weg damit.

Hi.
Zu Hause an Weihnachten? Wir feiern mit Freunden
in Klosters. Fabelhafte Leute hier in der Schweiz!
Sir Duke ist auch da. Merry Xmas
L.

Leach. Fuhr mit seiner Frau in die Berge, nachdem er sie abserviert hatte. Vielleicht auch noch mit seiner neuen Geliebten? Die würde vermutlich genauso wenig über seine familiären Verhältnisse Bescheid wissen wie ihre Vorgängerin. Und wer »Sir Duke« war, wollte sie lieber gar nicht wissen. Diese lächerliche Neigung, anderen die albernsten Spitznamen zu geben, sollte lässig rüberkommen, wirkte aber vor allem infantil.

Charlotte schluckte, schloss die Augen und zählte rückwärts von zwanzig bis null. Das half ihr, den Schmerz zu vergessen – oder zumindest nicht in Tränen auszubrechen.

Liebe Charlotte,
eigentlich hatten wir vereinbart, dass deine Bilder
vollständig bis 15. Dezember vorliegen. Jetzt ist bei-
nahe Weihnachten. Wir werden es vor den Feier-
tagen nicht mehr schaffen, sie zu bearbeiten. Deshalb
erlaube mir bitte die Frage: BIS WANN KOMMEN
ENDLICH DIE VERDAMMTEN BILDER?
Herzlich,
Randolph

Nun, das klang in der Tat herzlich. Charlotte spürte, wie ihr diese Nachricht einen Stich ins Herz versetzte. Wenn es darum ging, dass sie ihr Honorar erhalten sollte, gab es immer einen Grund, weshalb sie noch warten musste. Aber wenn sie mehr Zeit benötigte, um ihre Illustrationen abzuliefern, dann sollte stets alles pünktlich sein. Doch künstlerische Arbeit funktionierte nun einmal nicht auf Knopfdruck. Dafür brauchte man auch mal Muße. Man brauchte eine ruhige Umgebung ohne Stress, man brauchte, ja: Inspiration! Und die...

Mit pochendem Herzen holte sie ihren Zeichenblock aus der Tasche und legte sich ein paar Stifte zurecht. All das, was man benötigte, hatte sie doch hier. Sie hatte es hier mehr, als sie es je irgendwo gehabt hatte! Und in der Tat: Minuten später flog der weiche Bleistift nur so übers Papier. Flugs hatte sie ein paar gewitzte Augen skizziert, einen gewagten Haarturm, eine bizarre Brille, gefährlich lange Fingernägel... Die perfekte Kinderbuchfigur! Es war kaum mehr als eine grobe Vorzeichnung, aber Charlotte erkannte augenblicklich, dass es eine köstliche Figur werden würde. Davon abgesehen wurde ihr bewusst, dass sie unwillkürlich Mrs Penwick gezeichnet hatte. Echter als das Original. Nur leider hatte diese Zeichnung nicht das Geringste mit ihrem Auftrag zu tun. Sie würde sie nicht einen Schritt weiterbringen. Und weil es sowieso schon egal war, setzte Charlotte die entzückende alte Dame in einen Rollstuhl, der nicht nur rollen konnte, sondern auch fliegen. Und natürlich nebenbei Seifenblasen machen.

»Wie lange sind Sie schon hier, Kiharu?«, fragte Charlotte, als sie am folgenden Abend die Hotelbar betrat und sich an die Theke setzte, während von der Lobby her das Klavierspiel eines Pianisten erklang. Swing-Versionen bekannter Weihnachtsklassiker.

»Im 24 CS? Fünf Jahre, Miss Williams! Davor war ich in London im Ritz und im Hyatt in Seoul.«

»Sehr große Häuser«, stellte Charlotte anerkennend fest. »Dagegen ist das 24 CS eher… familiär?«

»Das kann man absolut so sagen, Miss Williams«, erklärte Kiharu, während sie ihren Shaker mit klirrenden Armreifen innerlich zum Schäumen brachte. Dann goss sie das Getränk – tiefrot – in ein schlankes, hohes Glas gefüllt mit Eiswürfeln. »Probieren Sie!«

»Was ist das?«

»Ein Cherry Christmas. Noch ganz neu. Sie sind mein Versuchskaninchen.«

Charlotte musste lachen. Kiharu war die große Ausnahme in diesem Haus. Sie erlaubte sich wesentlich freiere Umgangsformen. Diese Frau gefiel Charlotte.

»Sagen Sie, Kiharu, dass das Hotel so familiär ist, das hat doch sicherlich den Grund, dass es auch ein Familienunternehmen ist?«

»Wie finden Sie ihn? Den Cocktail.«

Charlotte nippte. Nippte nochmals. Und ein drittes Mal. »Sicher, dass es diesen Drink bislang nicht gibt?«

»Absolut sicher.«

»Er wird ein Klassiker«, beteuerte Charlotte. »Sie sollten sich das Rezept schützen lassen.«

Kiharu nickte zufrieden und wandte sich wieder ihrer Arbeit zu.

»Ist es das? Ein Familienunternehmen?«

»Wir begreifen uns hier in der Tat als eine große Familie«, sagte die Barfrau mit einem rätselhaften Lächeln, das klarmachte: Mehr gibt es dazu nicht zu sagen.

Zu gerne hätte Charlotte ihr diskretes Verhör fortgeführt: Es hätte sie interessiert, wem nun eigentlich das 24 CS gehörte. Doch in dem Moment setzte sich ihr Gast auf den Barhocker neben ihr.

»Je später der Abend, desto schöner die Gastgeberin«, begrüßte er sie.

»Dann hätten wir uns besser um Mitternacht verabredet.« Charlotte schlug sich die Hand vor den Mund. »Entschuldigung. Das ist mir so rausgerutscht.«

Paul schenkte ihr sein strahlendstes Lächeln. »Sie sehen doch immer hinreißend aus, Charlotte«, erklärte er und nickte Kiharu zu. »Für mich auch so ein … Was um alles in der Welt ist das?«

»Ein Cherry Christmas«, antwortete Charlotte anstelle von Kiharu.

»Neu?«

»Vor fünf Minuten erfunden«, erklärte die Barfrau. »Miss Williams ist die Erste, die ihn trinkt.«

»Eine Weltpremiere, wow!«, rief Paul. »Warum passiert mir nie so etwas?«

»Hier«, sagte Charlotte zu ihrer eigenen Überraschung (der Drink schien magische Fähigkeiten zu haben, insbesondere gegen angeborene Schüchternheit). »Sie dürfen mal von meinem nippen. Dann haben Sie auch von der Weltpremiere gekostet.« Doch im selben Moment war es ihr peinlich, so forsch zu sein: Was musste dieser charmante Mann von ihr denken! Zu allem Überfluss fing sie auch noch Kiharus amüsierten Blick auf, mit dem die Barfrau zuerst sie musterte, dann Paul und dann noch einmal sie.

Mit einer eleganten Bewegung, ja beinahe andächtig nahm Paul ihr das Glas aus der Hand und hielt es vor seine Augen, worauf sich das tiefe Rot in seiner Iris widerspiegelte. Danach sog er behutsam das Aroma des Getränks ein, um es schließlich an die Lippen zu setzen und einen Schluck zu nehmen – mit geschlossenen Augen. Dem Geschmack nachsinnend. Lächelnd. Grinsend. Die Augen wieder öffnend. Und dann, fröhlich, als hätte man ihn mit einem Kuss aus erholsamstem Schlaf geweckt, gab er den Auftrag: »Bitte, genauso einen Cherry Christmas für mich, Miss.«

»Sehr wohl, *Sir*«, erwiderte Kiharu.

Wie sie es sagte, ließ Charlotte vermuten, dass sie ihn hier nicht zum ersten Mal bediente.

Wenige Augenblicke später stießen sie an, und kurz darauf waren sie wieder mitten in einem Gespräch über die Insel und ihre Menschen und über die Schotten ganz allgemein, die Engländer im Besonderen, die Menschheit überhaupt und – Charlotte konnte es kaum glauben – über die schönsten Kinderbücher aller Zeiten. Paul erwies sich als überaus belesen, und zwar nicht nur, was Shakespeare und Yeats betraf. Er kannte nahezu all die Werke, die sie selbst über alles liebte. Er kannte sogar zwei von ihr illustrierte Kinderbücher.

»Die haben *Sie* gemacht? Ich fass es nicht! Die Zeichnung mit dem Einhornschwein ist mein Sperrbildschirm im Büro!«

»Nicht wahr!«, rief Charlotte.

»Ich schwöre es!«

Das Einhornschwein. Wer hätte gedacht, dass sie jemals bei einem Date über dieses seltsame Wesen plaudern würde. Es war doch ein Date?

Zumindest fühlte es sich so an. Der zweite und dritte Cherry Christmas trugen sicher ihren Teil dazu bei, dass sowohl Charlotte als auch ihr Gast schon nach kurzer Zeit aus dem Kichern nicht mehr herauskamen. Die junge Londonerin konnte sich nicht erinnern, wann sie zuletzt so vergnügt gewesen war. Alles, was ihr in letzter Zeit so viel Kummer gemacht hatte, hatte sich völlig in Luft aufgelöst, nichts interessierte sie mehr als die verrückten kleinen Geschichten, die Paul ihr erzählte, sei es von seiner Kindheit, die er offenbar größtenteils in verborgenen Winkeln verfallener Burgen zugebracht hatte (mit Büchern und mit seiner Mundharmonika, versteht sich), sei es von seiner großen Schwester, die buchstäblich jedes Wochenende einen anderen Freund mit nach Hause gebracht hatte, während die Eltern in der Kirche waren (und die trotzdem beinahe ins Kloster gegangen wäre, hätte sie nicht versehentlich Ja gesagt zu Fitzgeralds Antrag auf Gälisch).

Im Hintergrund zogen sich die anderen Hotelgäste nach und nach zurück, der Pianist war inzwischen wieder zu eher prosaischer Musik übergegangen. Und als »Cheek To Cheek« ertönte, griff Paul so unvermittelt nach Charlottes Hand, dass sie beinahe erschrak, jedenfalls aber einen Schluckauf bekam.

»Tanzen wir?«, fragte er und wartete keine Antwort ab, sondern geleitete Charlotte in die Nähe des Pianos, wo er den Arm um sie legte und sie mit einer Sicher-

heit führte, die er sich vermutlich selbst nicht zugetraut
hätte – nach sieben Cocktails.

Heaven … I'm in heaven,

sang Paul leise mit und griff sie etwas fester um die
Taille, vielleicht weil er merkte, dass ihre Beine plötzlich
schwach wurden.

And my heart beats so that I can hardly speak.
And I seem to find the happiness I seek,
When we're out together dancing cheek to cheek.

Eigentlich konnte Charlotte gar nicht tanzen. Aber
das hatte sie in diesem Moment vergessen. Sie tat es einfach. Sie schwebte in Pauls Armen durch die Nacht und
lauschte auf seine leise Stimme, das schmeichelnde Piano
und auf das Pochen ihres Herzens.

Eigentlich hatte Charlotte Paul auch gar nicht ermutigen wollen, sie zu ihrem Zimmer – also: ihrer Suite –
zu bringen. Doch es schwebte sich einfach besser über
die Hotelflure am Arm eines so charmanten Begleiters.
Und auch wenn allüberall ein Weihnachtszauber in der
Luft lag, so hatte sich an diesem Abend doch ein völlig anders geartetes Prickeln hinzugesellt, das Charlotte
ganz in Unvernunft aufgehen ließ.

»Es war wunderschön mit Ihnen, Paul«, flüsterte sie.

»Es war wunderschön *mit Ihnen*, Charlotte. Der
schönste Abend für mich«, erwiderte Paul und ließ seinen Blick in ihren Augen versinken, als sie vor der Zimmertür angekommen waren. Und dann beugte er sich
etwas vor und küsste sie – auf die Wange. »Danke.« Er
verneigte sich ein wenig und trat einen Schritt zurück.
»Danke, und bis bald.«

»Bis bald«, sagte Charlotte mit belegter Stimme. Damit hatte sie nicht gerechnet. Auf einmal war es ihr unendlich peinlich, dass sie einen so einladenden Eindruck erweckt haben musste. Was hatte sie sich nur gedacht? Was würde *er* nur von ihr denken? Mit schamgeröteten Wangen hauchte sie ein »Gute Nacht« und flüchtete sich so schnell in ihre Suite, dass sie gar nicht mehr hörte, ob Paul noch etwas sagte.

Er war weg. Zuerst hatte Charlotte nicht gewagt, die Augen zu öffnen. Sie hatte geträumt, er wäre nicht so schnell gegangen. Aber natürlich war er gegangen. Er war eben ein echter Gentleman, kein Mann, der eine Frau für ein schnelles Abenteuer suchte. Es war nur so … so besonders gewesen. Sie hatte wirklich gedacht …

Eine kleine Weile hatte sie noch mit geschlossenen Augen im Bett gelegen und dem Traum hinterhergelauscht. Dann erst hatte sie vorsichtig geblinzelt und zu ihrer Überraschung festgestellt, dass es weiterhin tiefe Nacht war.

Ein Blick auf die kleine goldene Uhr auf dem Kamin klärte Charlotte darüber auf, dass es erst auf drei zuging. So konnte es nicht weitergehen. Die Sorgen trieben sie um, die Unfähigkeit, ihre Arbeit zu erledigen, machte sie verrückt. Jetzt war sie offenbar nicht einmal mehr imstande, eine Nacht durchzuschlafen. Warum eigentlich konnten andere Leute in der Weihnachtszeit einfach nichts tun oder wegfahren (zum Beispiel nach Klosters)? Sie hatte immer Arbeit. Und obwohl sie immer arbeitete, hatte sie nie genug, um mal für ein paar Monate oder wenigstens Wochen ohne Sorgen zu sein.

Sie schlüpfte in die Hotelhausschuhe, auf denen in verschnörkelten goldenen Lettern »24 CS« stand, warf sich den Bademantel über und huschte nach draußen. Dann würde sie eben ein wenig durch die stillen Flure des Hotels wandern und, falls noch jemand dort war, sich einen letzten Drink von der Bar holen.

Sie war gerade dabei zu überlegen, ob sie den Lift nehmen sollte oder die Treppe, als sie eine andere Tür hörte. Beschämt stellte sie fest, dass es nicht sehr vornehm war, im Bademantel durchs Hotel zu spazieren, als wäre man zu Hause, selbst wenn einem hier unablässig das Gefühl vermittelt wurde, man gehöre zur Familie und das wahre Zuhause heiße 24 Charming Street. Also drückte sie sich hinter eine der üppigen Topfpflanzen, die auf dieser Etage aufgestellt waren.

Mrs Penwick! Auch sie – nun gut, nicht im Bademantel, aber – im Morgenmantel, und jetzt rollte sie umständlich aus ihrem Zimmer und mühte sich ab, in der entgegengesetzten Richtung davonzufahren. Einem Impuls folgend, sprang Charlotte hinter dem Grün hervor und lief ihr hinterher.

»Mrs Penwick? Harriett?«

»Oh! Guten Abend, meine Liebe«, erwiderte die alte Dame und rang um Luft.

»Darf ich Ihnen helfen?« Schon packte Charlotte die Griffe des Rollstuhls.

»Ach, Sie sind ja ein Schatz«, stellte Mrs Penwick fest

und hustete zur Bekräftigung. »Dann will ich Ihnen das mal zumuten. Meine Arme, wissen Sie …« Sie hob ihre Hände in einer hilflosen Geste.

»Aber ich bitte Sie«, sagte Charlotte. »Das mache ich wirklich gerne.«

»Hier vorne rechts. Und dann gleich wieder links.«

Den Anweisungen der alten Dame folgend, schob Charlotte den Rollstuhl durch die nächtlichen Gänge des 24 CS und hoffte, dass nicht noch andere Türen sich öffnen und man sie in diesem unmöglichen Aufzug entdecken mochten. Doch das Hotel lag in tiefer Stille. Also eilte Charlotte weiter, ließ sich in den Lift dirigieren, dankbar für die üppigen Teppiche, die auch hier jeden Laut gnädig verschluckten, und durchschritt mit Harriett die leere Halle, um in einem Flur neben der Rezeption zu verschwinden.

Kurz überlegte Charlotte, ob es dort vielleicht zu einer Art Spa ging, das sie bloß noch nicht entdeckt hatte. Doch dann verwarf sie den Gedanken, denn so viel wusste sie von Hotels, dass Schwimmbäder, Saunen oder Dampfbäder und was es dort noch alles gab, mitten in der Nacht geschlossen waren. Wiewohl Mrs Penwick natürlich zuzutrauen wäre, sich über so profane Dinge wie Schließungen oder Verbote mit der größten Souveränität hinwegzusetzen.

Es war kein Spa. Es war eine Kapelle! Und es war nicht irgendeine Kapelle, sondern eine erkennbar katholische! Das Weihwasserbecken am Eingang, das Kruzifix mit dem Heiland, die Heiligenbilder … Nach einem Augenblick des Staunens machte sich Charlotte bewusst, dass Schottland nun einmal – anders als ihre englische Heimat – nicht anglikanisch, sondern papistisch war. Ein weiterer Grund, weshalb die Menschen im Norden der Insel immer etwas, hm … verwunschen wirkten.

Mrs Penwick ließ sich von ihr vor den Altar schieben, bekreuzigte sich, um sodann die Hände zu falten und sich ins Gebet zu versenken. Dachte Charlotte zumindest. War aber nicht so. Dass die Worte »Knien Sie sich ruhig zu mir« keinem katholischen Gebet entstammten, sondern sich an sie wendeten, das ging ihr jedoch erst nach einem kurzen Moment auf. Vielleicht auch erst, als Harriett mit einem freundlichen »Oder haben Sie Angst, ich könnte Sie zum falschen Glauben bekehren?« nachlegte.

Unsicher, dennoch fasziniert trat Charlotte neben die alte Dame.

»Sie sind katholisch«, stellte sie fest.

»Was wir bitte für uns behalten wollen, ja?« Mrs Penwick warf ihr einen Seitenblick zu und wirkte amüsiert.

»Es ist … nun, es ist ja nicht verboten«, sagte Charlotte. Es sollte entgegenkommend gemeint sein, hörte sich aber irgendwie arrogant an, fand sie selbst.

Die alte Dame schien einen Moment über diese Worte nachzudenken und beschied ihr dann: »Es kommt auf die Perspektive an, würde ich sagen.«

Charlotte nickte. »Verstehe«, log sie.

So verharrten sie eine Weile, nur gestört vom gelegentlichen Husten, der Harrietts schmalen Körper schüttelte.

Irgendwann bekreuzigte sich Mrs Penwick erneut und nickte Charlotte zu. »Wollen wir?« Auf dem Weg zum Lift fragte sie neugierig: »Und was hat Sie zu so später Stunde noch aus dem Zimmer getrieben?«

»Ich wollte zur Bar, um mir… um mir noch ein Glas Milch zu besorgen«, log sie weiter. »Ich konnte nicht schlafen.«

»Ja«, erwiderte die alte Dame verständnisvoll. »Milch ist dafür ein gutes Mittel. Nehmen Sie die aus der Minibar. Es steht Glenparrish drauf.«

»Sie kennen das Haus in- und auswendig, was?«, sagte Charlotte in der Hoffnung, ein wenig mehr von der alten Dame zu erfahren.

»Wenn Sie so lange an einem Ort leben wie ich, dann werden Sie irgendwann ein Teil dieses Orts.«

»Das heißt, Sie stammen nicht von hier…«

»Nein, meine Liebe. Ich komme aus einem anderen Winkel Schottlands. Aber die Wahlheimat ist immer die wahre Heimat, wenn Sie verstehen, was ich meine. Es ist wie beim Glauben, den man selbst auswählt, oder bei den Menschen, mit denen man sich umgibt: Man mag in eine Familie hineingeboren sein. Aber die Freunde, die man sich sucht, sagen mehr über einen Menschen aus als die Eltern, die einem der Zufall geschenkt hat – oder mit denen einen das Schicksal bestraft hat.«

Wie wahr, dachte Charlotte. Sie waren wieder vor der Suite von Mrs Penwick angekommen. Charlotte räusperte sich, ertappte sich dabei, wie sie so etwas wie einen Knicks andeutete (wobei sie seit dem Besuch der Princess Royal in ihrer Primary School niemals mehr einen Knicks gemacht hatte, auch nicht andeutungsweise, zumindest wenn man mal von einem blöden Rollenspiel mit Leach absah, das er ihr als Liebesspiel zu verkaufen versucht hatte).

»Gute Nacht, meine Liebe.«

»Danke, Ma'am. Ihnen auch.«
»Harriett.«
»Harriett.«

Das Fläschchen Glenparrish half zwar nach diesem Erlebnis. Man schien in diesen Breitengraden vielerlei Namen für Whisky zu haben: Mal nannte man ihn Tee, mal Milch. Die Wirkung war identisch. Allerdings mochte es durchaus sein, dass die wilden Träume, die Charlotte in den restlichen Stunden dieser Nacht heimsuchten, mit dem geistigen Getränk zu tun hatten. Erholsam war der Schlaf gleichwohl – dafür sorgten schon die fürstliche Matratze und das himmlische Federbett.

Wenige Stunden später schon fand Charlotte sich wieder an der Bar ein, wo Kiharu erwartungsgemäß noch nicht anwesend war. Auch für die Barfrau war es ja eine lange Nacht geworden. Zwangsläufig. Also verzichtete sie darauf, den Tag mit einem doppelten Espresso dort zu beginnen und ging stattdessen in den Frühstücksraum, um sich von David zwei Spiegeleier und eine ganze Kanne Kaffee bringen zu lassen. (»Bitte so stark wie möglich.« – Was sie besser nicht hätte sagen sollen, denn das Getränk hätte ganze Friedhöfe auferstehen lassen können.)

Die Zeitung studierte sie an einem Fenster in der Lobby. Doch ihre Gedanken schweiften immer wieder zu Paul.

Und dann, nach einer Weile, schämte sie sich. Es war ihr unendlich peinlich, dass sie sich so unbedacht den erstbesten Mann geschnappt hatte und ihn beinahe mit aufs Zimmer genommen hätte, und vor allem so offensichtlich. So etwas gehörte sich nicht in einem Haus wie dem 24 CS. Ein schneller Urlaubsflirt, eine Verabredung an der Bar, ein alkoholisiertes Tête-à-Tête... Das passte vielleicht nach Mallorca oder Ibiza, aber doch nicht nach Skye! Vermutlich dachten alle, die Zeugen ihres unmöglichen Verhaltens geworden waren, es wäre zum Äußersten gekommen. Nun ja, wäre Paul nicht ein vollendeter Gentleman, dann wäre es das vermutlich. Charlotte wäre am liebsten im Erdboden versunken.

»Guten Morgen, Miss Williams«, grüßte Kiharu, die aus den unsichtbaren Katakomben der Dienstbotengänge aufgetaucht war.

»Guten Morgen, Kiharu«, entgegnete Charlotte den Gruß. Sie konnte der Barfrau kaum in die Augen sehen, so unangenehm war es ihr, dass sie sich letzte Nacht so betrunken hatte.

»Darf ich Ihnen etwas bringen?«

»Ich komme gerade vom Frühstück, danke. Ich bin wunschlos glücklich.«

»Wie schön«, sagte Kiharu.

Charlotte suchte vergeblich nach diesem leicht spöttischen Gesichtsausdruck, den sich die Japanerin immer wieder erlaubte. Stattdessen wirkte Kiharu nur freundlich-professionell.

»Kiharu...«

»Ja, Ma'am?«

»Es tut mir leid. Wegen gestern Abend.« Und auf

Kiharus fragenden Blick: »Es ist sehr spät geworden. Auch für Sie.«

»Oh! Das gehört zu meinem Beruf, machen Sie sich keine Gedanken. Wenn ich früh ins Bett müsste, dürfte ich nicht als Bartenderin arbeiten.«

Kiharu griff nach einem Korb, der neben einem der Kühlschränke unter der Theke stand, und warf Charlotte einen aufmunternden Blick zu: »Möchten Sie mich begleiten? Ich muss einige Kräuter aus unseren Gewächshäusern holen.«

»Warum nicht? Gerne. Ich ziehe mir nur rasch etwas über.«

»Nicht nötig«, erwiderte die Barfrau. »Das Gewächshaus befindet sich nur ein paar Schritte hinter der Küche.«

Wenige Augenblicke später stand Charlotte neben Kiharu in einem viktorianisch anmutenden Glashaus, in dem sich auf mehreren Etagen duftendes Grün aneinanderreihte. Einiges davon kannte sie, Basilikum etwa oder Petersilie. Bei den verschiedenen Arten von Thymian war sie sich nicht so sicher. Aber manches war ihr auch völlig fremd.

»Man sollte sich nicht so betrinken«, stellte sie selbstkritisch fest, während sie Kiharu dabei zusah, wie sie mal ein Zweiglein vom Rosmarin abknipste, mal ein paar Blätter vom Salbei pflückte. »Hm.« Charlotte trat verlegen von einem Bein aufs andere. »Im Grunde weiß man irgendwann gar nicht mehr, was man tut. Und Ihr Cherry Christmas hatte es wirklich in sich.« Sie lachte, vielleicht etwas zu schrill. »Wenn Sie verstehen, was ich meine …«

Kiharu nickte nur lächelnd und ließ sich in ihrer Arbeit nicht beirren. Stattdessen drückte sie Charlotte das Körbchen mit den Kräutern in die Hand und nahm ein zweites, um es ebenfalls zu füllen.

Charlotte seufzte innerlich. Sie hatte sich unsterblich blamiert, so viel war ihr inzwischen klar. Und die Barfrau war einfach so vornehm, darüber großmütig hinwegzusehen. Aber sich betrinken und dann von einem praktisch völlig fremden Mann abschleppen lassen zu wollen, das war einfach unverzeihlich. Charlotte wäre am liebsten im Erdboden versunken. Sie hörte zwar, wie Kiharu ihr von den verschiedenen Kräutern erzählte, die hier seit Generationen gezogen wurden, von der Pflege seltener Sorten, von den Launen der jeweiligen Pflanzen, aber sie verstand kein Wort. Je nüchterner sie wurde, umso peinlicher war ihr alles.

Schließlich schlich sie hinter Kiharu her zurück ins Haus und ließ sich das Körbchen wieder abnehmen.

»Für mich sah das jedenfalls sehr romantisch aus«, erlaubte sich die Barfrau zu erwähnen.

»Bitte?«

»Und der Cherry Christmas…«

»Sieben, Kiharu! Ich glaube, ich habe sieben davon getrunken.« Charlotte konnte es nicht fassen, dass sie sich so hatte gehen lassen.

»Nun, das freut mich«, erklärte Kiharu. »Er hat Ihnen offenbar geschmeckt. Ach ja: Und was immer Sie gespürt haben, der Cocktail war es nicht. Der ist ganz ohne Alkohol.«

Die hohe Kunst der Diskretion

Zu den sehr besonderen Fähigkeiten der wahrhaft hochkarätigen Grandhotels gehört es, exponierten Gästen bei Ankunft und Abreise einen ganz großen Bahnhof zu bieten, von dem idealerweise die übrigen Gäste so gut wie gar nichts mitbekommen. Auch das 24 CS beherrschte diese Kunst – ja, gerade das 24 CS.

Zu den sehr besonderen Fähigkeiten bildender Künstlerinnen allerdings gehört es, selbst jene Dinge wahrzunehmen, die gewöhnliche Sterbliche kaum bemerken. Auch Charlotte Williams hatte diese Gabe – ja, gerade Charlotte hatte sie. Und so nimmt es nicht wunder, dass – von den übrigen Hotelgästen weitestgehend unbemerkt – am Tag vor Weihnachten (auf den britischen, fußballversessenen Inseln: zwei Tage vor Boxing Day) ein Konvoi von dunklen Limousinen die Auffahrt heraufrollte, dem zunächst mehrere Männer in schlichten dunklen Anzügen entstiegen, die bibbernd und in unsichtbare Mikrofone flüsternd die Umgebung beäugten, und zwar mit jener professionellen Skepsis, wie sie Geheimagenten und Clan-Mitgliedern eigen ist.

Der Zufall wollte es, dass einer von ihnen vor dem Fenster vorbeihuschte, hinter dem Charlotte an diesem Vormittag in der Hotellobby saß, um *Die Geschichte der Gezeiten* zu lesen, ein bemerkenswertes Buch über die

Veränderungen der Weltmeere seit Anbeginn (was es alles gibt!). Das geübte Auge der Illustratorin erkannte sogleich einen reizvollen Typus Mann – reizvoll im professionellen Sinne, allgemein stand sie nicht so sehr auf die kernigen Kerle. Solchermaßen neugierig gemacht, legte sie die maritime Lektüre beiseite und huschte nun ihrerseits hinüber zum Zeitungsständer am Empfang, um sich vorgeblich für die Lektüre der Tagespresse zu interessieren. In Wahrheit wartete sie, was nun geschehen würde. Denn so viel war klar: Entweder würde hier gleich ein Bombenanschlag verhindert, ein Drogenbaron hochgenommen oder die Queen einchecken.

Es war nicht die Queen. Aber der Atem stockte Charlotte trotzdem, als sie den eben eingetroffenen Gast mit der freundlichsten Stimme sagen hörte: »Richard, wie gut, Sie wiederzusehen!«

»Das kann ich nur erwidern, Prime Minister!«

»Oh, bitte nicht, Richard, das wissen Sie doch. Wenn ich hier bin, bin ich Privatmann.«

»Gewiss, Sir, verzeihen Sie.«

»Sie sind keinen Tag älter geworden, Richard«, bemerkte Anthony Porter, während Charlotte hinter ihrem Zeitungsständer um Luft rang – und um eine Position, von der aus sie endlich etwas erkennen konnte.

Doch der Wunsch wurde ihr nicht erfüllt. Denn gerade in dem Moment, in dem sie sich zwischen dem *Observer* und dem Aufsteller für Postkarten mit schottischen Motiven hindurchgezwängt hatte, war der Premierminister ein Stück zur Seite getreten und abermals aus Charlottes Blickfeld entschwunden, offenbar um seine Unterschrift zu leisten.

»So«, erklärte er und legte den Stift beiseite. »Das wäre erledigt. Wo haben Sie uns denn diesmal untergebracht?«

»Wir konnten Ihnen Suite Nr. 13 freimachen«, sagte Richard und griff nach dem Schlüssel, um ihn einem der Leibwächter zu reichen, die links und rechts neben den Mann getreten waren, der das Land regierte (schlecht, wie die meisten Bürger gesagt hätten, übrigens auch Charlotte, allerdings sagten sie das über jeden PM), und von denen einer Charlotte entdeckt hatte und nun mit Argusaugen beobachtete.

»Ach!«, rief der prominente Gast, nun verdeckt von seinen Gorillas. »Direkt über Ihrer legendären Weihnachtssuite! Wie wundervoll.«

»Ja, nicht wahr?« Auch Richard hatte Charlotte hinter dem Zeitungsständer wahrgenommen und schien ihr für den Bruchteil einer Sekunde unauffällig zuzuzwinkern. Im nächsten Moment wurden die Koffer hereingebracht und von Nick und zwei seiner Kollegen zu den hinteren Aufzügen geschafft, um schon einen Augenblick später verschwunden zu sein. Wie der Premierminister und seine Frau, ohne dass Charlotte einen Blick auf die beiden ergattert hätte.

Sie hatte irgendwo mal gelesen, dass der Premierminister seine Ferien an einem abgelegenen Ort in Schottland zu verbringen pflegte. Dass der Ort allerdings *so* abgeschieden war, hätte sie sich nicht vorgestellt. Was tat der Regierungschef, wenn seine Anwesenheit andernorts dringend erforderlich war – trotz Ferien? Und dann noch in einem Hotel, das vom Internet abgeschnitten war?

Aber besondere Menschen hatten natürlich besondere Möglichkeiten. Vermutlich stand unweit des 24 Charming Street ein Helikopter bereit, der den PM innerhalb kürzester Frist an jeden gewünschten Ort des Vereinigten Königreichs zu bringen in der Lage war. Charlotte ertappte sich dabei, wie sie die Flächen der Umgebung unter dem Aspekt betrachtete, welche davon sich als Landeplatz eines Hubschraubers eignen mochte (um festzustellen, dass es wohl eher umgekehrt war: Es war schwer zu beurteilen, welche sich nicht eignete; denn Flächen gab es hier viele und der Bewuchs war allenthalben spärlich, lediglich über die Gefälle musste man sich Gedanken machen).

Einer der Personenschützer des PM schien sein Quartier in der Hotelhalle genommen zu haben. Jedenfalls saß er – die Sonnenbrille hatte er immerhin abgenommen – mit einer Zeitung (ausgerechnet der *Sun*, die seinen Chef neuerdings regelmäßig aufs Übelste in die Pfanne zu hauen beliebte) dort und lernte sie offenbar rückwärts auswendig, so lange, wie er sie inzwischen studierte. Ein Pott Kaffee stand vor ihm, blieb jedoch dauerhaft unberührt, sodass Charlotte sich beim wiederholten Vorbeikommen unwillkürlich fragte, ob der Becher nicht lediglich dort deponiert worden war, um seismografische Auffälligkeiten zu registrieren.

Charlotte stellte *Die Geschichte der Gezeiten* wieder zurück an ihren Platz (sie war gerade bei der Kleinen Eiszeit angelangt und hatte verblüfft erfahren, dass zu der Zeit die britischen Inseln alles andere als Inseln gewesen waren – dass sie außerdem alles andere als britisch gewesen waren, verstand sich von selbst – und dass man trockenen Fußes nach Amsterdam hätte gehen können oder nach Hamburg, vorausgesetzt, es hätte Amsterdam oder Hamburg gegeben). Es war der Punkt gekommen, ein wenig zu arbeiten. Sie wollte die inspirierende Atmosphäre dieses Ortes nutzen und ihre Zeit hier nicht vollständig vertrödeln.

Also ging sie in ihre Suite, um überrascht festzustellen, dass das Zimmermädchen noch nicht fertig war.

»Verzeihung, Ma'am!«, rief die Frau, die in ihrem Alter sein mochte und erkennbar südländischer Herkunft war.

»Ach, es tut mir leid«, entgegnete Charlotte. »Wann sollen Sie auch mein Zimmer machen, wenn ich so viel hier bin?« Denn sogleich war ihr eingefallen, dass sie das Schild nicht hingehängt hatte: »Please, make my room.« Wie unaufmerksam von ihr! »Ich bin schon wieder weg. Ich wollte nur rasch…« Charlotte trat zögerlich näher und nahm wahr, dass das Zimmermädchen offenbar in Tränen aufgelöst war.

»Ist alles in Ordnung? Sie können nichts dafür. Das ist doch kein Grund zu weinen, wirklich!«

»Bitte? Oh… nein…« Die Frau schniefte und tupfte sich die Augen mit einem Taschentuch. »Ich weine nicht deshalb. Entschuldigen Sie, sorry. Es ist… es ist… nichts.«

Nach nichts sah es zwar nicht aus, aber Charlotte war Engländerin genug, um nicht weitere Fragen zu stellen. Engländer litten bekanntlich still, so war es Brauch. Entsprechend gehörte es sich nicht, jemanden auf seinen Schmerz anzusprechen.

Folglich konnte sie nicht umhin, ihre Suite schnellstens wieder zu verlassen und rasch zu … in den … nach … ja, wohin nur? Die Angelegenheit erledigte sich durch den Zusammenstoß mit dem Pagen, der im nämlichen Augenblick aus dem Aufzug stieg und im Begriff war, den Gepäckwagen hinter sich nach draußen zu ziehen.

»Oh, Verzeihung!«, rief Charlotte, noch in der Bewegung.

»Uhhh«, stöhnte Nick auf, als sie ihn ungünstig traf. Er aber ließ sich fast nichts anmerken von dem Schmerz, der zweifellos den größten Teil seines Körpers durchströmte – zumindest die untere Hälfte. »Kein Problem, Ma'am«, keuchte er und biss die Zähne zu einem Lächeln zusammen, während sie ein Glitzern in seinen Augenwinkeln wahrzunehmen meinte (der Engländer leidet nun einmal still; der Schotte offenbar auch). »Kann ich Ihnen irgendwie behilflich sein?« Ein wenig blass war er schon. Und er klammerte sich verdächtig am Gepäckwagen fest.

»Es ist nur … wegen … ach nichts.«

Schon wirkte das Lächeln weniger gezwungen, schon ging die Atmung des jungen Mannes einigermaßen gleichmäßig. Vermutlich hatte er auch schon wieder so etwas wie einen Kreislauf.

»Sie waren nur … in Eile?«

»Ja«, sagte Charlotte. »Das heißt, nein.«

»Oh.«

»Also ich … ich wusste genau genommen nicht, wohin«, gab sie zu.

»Verstehe«, erwiderte Nick, nur dass er nicht im Geringsten danach aussah.

»Ach«, erklärte Charlotte, die sich daran erinnerte, dass es manchmal die beste Strategie war, die schlichte Wahrheit zu sagen. »Es ist wegen des Zimmermädchens.«

»Rosa?«

»Ehrlich gesagt weiß ich gar nicht, wie sie heißt.«

»Aber es geht um Ihr Zimmer?« Charlotte nickte. »Dann ist es Rosa aus der Dominikanischen Republik. Was hat sie denn bloß angestellt, dass Sie so aufgelöst waren, Ma'am?«

»Angestellt? Gar nichts«, beeilte sich Charlotte dem Pagen zu versichern. »Es ist nur … Sie hat geweint. Ich meine: sehr geweint.«

»Ja. Das tut mir leid«, sagte Nick, als wüsste er, was los war.

»Ich mache mir Sorgen. Darf ich Sie etwas fragen?«

»Jederzeit, Ma'am. Dafür bin ich da.«

»Ist es vielleicht wegen Trinkgeld?«

»Ich begreife nicht …«

»Nun, ich bin solche Hotels nicht gewöhnt. Vielleicht hätte ich … Ja, ganz gewiss hätte ich ihr längst ein Trinkgeld geben müssen, nicht wahr?« Charlotte blickte zu Boden, bestürzt von der Erkenntnis, dass sie es nicht vermocht hatte, sich in das Zimmermädchen hineinzuversetzen.

»Also, das ist wirklich ganz in Ihrem Belieben …« Der Page unterbrach sich selbst. »Sie meinen, sie weint deswegen?« Er lachte kurz auf, wurde aber gleich wieder ernst. »Nein, bestimmt nicht, Ma'am. Wer Trinkgeld gibt und wie viel, das ist vollkommen unterschiedlich, wissen Sie. Manche werfen geradezu damit um sich – das sind allerdings die wenigsten. Andere geben immer mal wieder ein klein wenig, das sind die meisten. Es gibt aber auch Gäste, die gar nichts geben oder die am Ende ihres Aufenthalts dem ein oder anderen etwas in die Hand drücken. Jeder macht das anders, da gibt es keine Regeln.«

»Hm. Aber warum hat sie dann…?«

»Geweint? Das hatte bestimmt damit zu tun, dass sie uns bald verlassen muss. Und sie hat doch einen kleinen Jungen, der ziemlich krank ist…«

»Sie wurde entlassen?«

»Entlassen? Rosa? Das würde hier im Traum niemandem einfallen, Ma'am. Rosa gehört zu den besten Zimmermädchen, die man sich nur vorstellen kann. Ich weiß gar nicht, ob es hier schon mal ein besseres gegeben hat.«

»Aber warum geht sie dann?«

Der Page hob die Hände in einer Geste großer Hilflosigkeit. »Die Gesetze, Ma'am. Die Gesetze.«

Ein verzauberter Tag

Natürlich war das Zimmer, das heißt: die Suite, gemacht, als Charlotte wieder nach oben kam. Nicht nur hatte man bei der Gelegenheit die Minibar wieder aufgefüllt (übrigens auch mit einer Flasche von Kiharus selbst gemachter Kräuterlimonade, diesmal allerdings in der Erwachsenenversion »mit zwei Drittel Gin«) und ein verlockendes Körbchen mit Mandarinen hingestellt, sondern auch davor eine kleine Karte postiert:

EINLADUNG

Die Mitarbeiterinnen und Mitarbeiter des 24 Charming Street würden sich freuen, Sie beim traditionellen Kleinen Weihnachtsempfang an Christmas Eve um 9:00 p. m. in der Halle begrüßen zu dürfen.

gez. Richard im Namen des Personals

Zur Charlottes größtem Entzücken war es genau das gleiche Büttenpapier, auf dem auch ihre eigene Einladung ins Hotel geschrieben war. Um neun Uhr am heutigen Abend. Natürlich würde sie hingehen! Erstens war es Ehrensache (nicht auszudenken, wenn sich niemand für den Empfang des Personals interessiert hätte), zweitens war sie neugierig. Und drittens: Was hätte es

Netteres geben können, wenn man im Hotel allein Urlaub machte?

Ob sie vorher noch etwas essen sollte? Momentan erschien ihr das als keine gute Idee. Vielleicht ja nach dem Empfang. Außerdem: So, wie sie das Hotel kennengelernt hatte, würde es bei dem Empfang reichlich zum Genießen geben. Das hieß, Charlotte hatte Zeit.

Zeit, die sie für ein ausgiebiges Bad nutzte. Wobei ausgiebig in diesem Fall das bedeutete, wovon sie immer mal geträumt hatte: den ganzen Nachmittag gemütlich in der Wanne zu liegen, im Hintergrund ein wenig Musik laufen zu lassen (hatten wir das erwähnt? Es gab in der Weihnachtssuite auch eine Musikanlage und eine schöne Auswahl von Aufnahmen, übrigens nicht nur weihnachtlicher Einspielungen) und ein paar Kerzen aufzustellen. Es wäre ein Leichtes gewesen, sich diesen Luxus auch mal in London zu gönnen – wenn sie denn eine Badewanne und nicht nur ein Duschbad in ihrer Wohnung gehabt hätte.

Sie las. Dickens. *Große Erwartungen.* »Der Morgen bewirkte einen beträchtlichen Unterschied in meiner allgemeinen Einstellung zum Leben«, las sie, »und heiterte sie so sehr auf, dass ich sie kaum wiedererkannte.« Seltsam. Ging es ihr nicht nahezu ähnlich? »Was mich am schwersten bedrückte, war die Erwägung, dass noch sechs Tage zwischen mir und dem Tag meiner Abreise lagen.« Sie rechnete. Sechs Tage? In ihrem Fall waren es sieben. »Denn ich konnte mich nicht von dem Verdacht befreien, unterdessen könnte London etwas zustoßen, und wenn ich ankäme, wäre es entweder gewaltig zu seinem Nachteil verändert oder hätte sich gar in

Luft aufgelöst.« Nun, das war wohl nicht zu befürchten. Aber wenn George, der gute alte George, dem sie nicht nur ihre tägliche Zeitung, sondern meist das erste Lächeln des Tages verdankte, wirklich nicht mehr da war, dann wären Dickens' Worte geradezu prophetisch: London hätte sich gewaltig zu seinem Nachteil verändert.

Es gehörte zweifellos zu den hervorragenden Talenten von Miss Charlotte Williams, an jeden noch so ungetrübten Himmel eine dunkle Wolke zu zerren und sich ausgiebig unter ihren Schatten zu stellen. Nur an diesem Ort mochte ihr das nicht so recht gelingen. Denn schon wenig später – die elegante Sprache des großen Romanciers mochte dabei durchaus geholfen haben – waren ihre Gedanken wieder ungetrübt und verloren sich in der Erinnerung an den Ausflug nach Flodigarry und die Begegnung mit Paul, von dem sie zwar so viel erfahren hatte, aber eigentlich nichts wusste.

Die Hotelhalle war wie verzaubert! Hatte Charlotte bisher schon gedacht, hier würde ein Weihnachtsmärchen aufgeführt, so sah sie sich ungeahnt in eine völlig neue Welt versetzt: Überall waren kleine und große Laternen aufgestellt, die normalen Lampen waren gelöscht worden, sodass die Lobby in ein mildes, fröhlich flackerndes Licht getaucht war. Auch auf den Tischen brannten Kerzen, der Duft von Orangen und Zimt erfüllte den Raum, die Gäste saßen zwischen golddurchwirkten Samtkissen. Überall stand feinstes Porzellan bereit –

kleine Tellerchen, weiß und goldumrandet –, damit sich bedienen konnte, wer immer Lust hatte auf die sich in mehrstöckigen Etageren präsentierenden Köstlichkeiten, die in jedem Winkel aufgestellt waren: auf Tischen und in Fensternischen, auf den Servierwagen und sogar auf der verwaisten Rezeption. Süßes und Herzhaftes türmten sich, als wäre das 24 CS eine Exklave des Schlaraffenlands. Und zwischen all den Gästen, die sich bereits eingefunden hatten, den überbordenden Dekorationen und den Etageren huschten die willfährigsten Geister hindurch, um jeden Wunsch zu erfüllen, den man sich nur einfallen lassen mochte. Wobei die Vorschläge, die diese Geister (übrigens in zauberhafte Uniformen mit schottischen Mustern gewandet) zur Hand hatten, jeden anderen Wunsch ohnehin sich in Luft auflösen ließen: »Darf ich Ihnen ein Glas von Kiharus speziellem Weihnachtspunsch anbieten, Ma'am? Mandarine, Limette, kubanischer Rum, mit einer Zimtstange und einem Zweiglein Rosmarin, im Pot flambiert und mit geeisten Kokosraspeln serviert? Oder hätten Sie lieber ein Glas Dom Pérignon, natürlich ohne irgendwelche anderen Zutaten, aber mit einem hausgemachten Whisky-Kastanien-Trüffel mit Schokolade aus dunklen venezolanischen Chuao-Kakaobohnen?«

»Ja«, sagte Charlotte, überwältigt in jeder Hinsicht.

»Ja, was, Ma'am?«, fragte die entzückende Frau zurück, die Charlotte ein wenig an Tinkerbell erinnerte – wenn auch eine schottische – und die sie schließlich als Euna aus dem Frühstücksraum identifizierte.

»Ja, alles«, sagte sie. »Wie soll man sich denn da entscheiden können?«

Euna lächelte und erklärte: »Eine ausgezeichnete Wahl, Ma'am.« Und schon war sie weg.

Charlotte beschloss, nicht lange nach einem Platz zu suchen, sondern hierzubleiben, schon um Euna, die Elfe, nicht aus dem Konzept zu bringen. Aber auch, weil es unmöglich gewesen wäre zu sagen, wo in der Hotelhalle es schöner und wo weniger schön gewesen wäre – es war einfach überall hinreißend. Also setzte sie sich direkt neben das schwedische Ehepaar, das sie vom Frühstücksraum her noch erinnerte, die Skjöllborns, von denen ihr auch Harriett erzählt hatte.

»Guten Abend«, sagte sie.

Die Frau nickte ihr freundlich zu und erwiderte den Gruß, doch den traurigen Zug um ihre Augen konnte sie nicht verbergen. Der Mann wünschte ebenfalls einen Guten Abend und schien ganz gerührt, vielleicht auch, weil er – im Gegensatz zu Charlotte – wusste, was nun kommen würde. Denn es kam etwas, und zwar etwas, das auch der jungen Frau aus London (die aber ohnehin ziemlich nah am Wasser gebaut war, wie man so schön sagt) die Tränen in die Augen trieb. Kaum nämlich, dass Euna den Punsch, den Champagner und den Trüffel vor Charlotte hingestellt hatte, erklang ein Glöckchen und das Gemurmel in der Halle verstummte.

Hatte Charlotte im ersten Moment noch gedacht, es wäre eine Art Weihnachtsglocke oder der Schlag einer besonders hell und liebenswert klingenden Standuhr, so bemerkte sie jedoch rasch, dass das Klingeln sich zu einem musikalischen Takt verdichtete: Es war eine Triangel, die hier den Rhythmus vorgab: den Rhythmus für ein erstes Lied, dem noch einige weitere folgen sollten.

Denn im nächsten Augenblick trat hinter dem großen Weihnachtsbaum niemand anderer hervor als Richard, angetan mit einem Smokilt, also eine Mischung aus Smokingjackett und Kilt, wie man dergleichen vielleicht von der königlichen Familie gelegentlich zu sehen bekam oder von bedeutenderen Persönlichkeiten wie Sean Connery. Richard hielt in der Hand ein Mikrofon und hatte auf den Lippen eine Stimme, die man jederzeit mit der von Frank Sinatra hätte verwechseln können.

Applaus brandete unvermittelt auf, und Richard nickte in alle Richtungen, ohne seinen Gesang zu unterbrechen:

Have yourself a merry little Christmas
Let your heart be light
From now on, our troubles will be out of sight

Schon liefen Charlotte die Augen über, und sie musste den Dom Pérignon wieder wegstellen, ohne auch nur daran genippt zu haben.

Have yourself a merry little Christmas
Make the yuletide gay
From now on, our troubles will be miles away

Here we are as in olden days
Happy golden days of yore
Faithful friends who are dear to us
Gather near to us once more

Hätte Charlotte noch etwas erkennen können, sie hätte erkannt, dass kein Auge trocken blieb an diesem Vorweihnachtsabend in dem kleinen Hotel weit im Norden, fern von allem, wo man doch so unglaublich gut zu sich selbst finden konnte. Und zu Freunden. Denn dass die Worte, die Richard hier sang, ehrlich und wahrhaftig gemeint waren, daran zweifelte die junge Frau kein bisschen. Freunde waren sie hier, wirkliche Freunde. Und sie selbst würde immer eine Freundin bleiben, was auch kommen, wohin immer es sie auch verschlagen mochte. Vielleicht war ihr das Glück so hold, dass sie diesen Worten würde Rechnung tragen können:

Faithful friends who are dear to us
Gather near to us once more.

Sie hoffte es, sie wünschte es sich aus ganzem Herzen. Denn das 24 Charming Street war ihr spätestens in dieser ganz besonderen Nacht zu einem der wichtigsten Orte ihres Lebens geworden. Dabei wusste sie noch gar nicht, *wie* wichtig es noch für ihr Leben werden würde.

Nicht nötig zu erwähnen, dass Kiharus Weihnachtscocktail selbst den stolzesten und edelsten Champagner des besten Jahrgangs aller Zeiten lässig in die Tasche steckte. Wie immer sie es angestellt hatte, der Mandarinen-Limetten-Kokos-Rum-Undsoweiter betörte die Geschmacksnerven auf eine geradezu süchtig machende Weise. Und der Whisky-Sowieso-Trüffel war in dem Zusammenhang noch so etwas wie ein Mega-Booster. Jedenfalls war es am Ende des Abends – Richard hatte das Mikrofon irgendwann dem Hausmeister übergeben, der zwar nicht im Kilt, dafür aber in einem prächtigen Kaftan seiner bengalischen Heimat vor die Gäste getreten war und seinerseits stimmlich eher an Margaret Thatcher erinnerte – Charlotte, die schwebte. Vielleicht nicht auf Wolke Nummer sieben, aber ganz sicher auf einigen der besten geistigen Getränke, die sie je hatte kosten (und definitiv bis auf den letzten Tropfen austrinken) dürfen.

Anders als erwartet war es dann übrigens nicht Richard gewesen, der eine kleine Ansprache gehalten hatte, sondern Rajeev, der Hausmeister (von allen liebevoll »Jeeves« genannt). Und anders als erwartet waren es nicht einige getragene und segensreiche Worte gewesen. Stattdessen hatte Jeeves eine kleine Geschichte erzählt, eine Begebenheit aus dem Leben seiner Tochter Anabel, die so gern in Bangladesch war bei der Großmutter, aber am Ende immer wieder hierher zurückkehren wollte, weil es für sie auf der Welt nichts Schöneres gab als Weihnachten! Dabei feierte man in der hinduistischen Familie von Rajeev eigentlich kein Weihnachten. Aber Anabel hatte es sich zur Gewohnheit gemacht, das ganze Haus (das in Wirklichkeit nur eine Zweizimmerwohnung in Portree war, aber darüber wusste außer ein paar Eingeweihten aus dem Kreis der Mitarbeiter niemand Bescheid) wie eine kleine Weihnachtswunderwelt zu schmücken und dann die große Familie im fernen Chittagong mit Fotos zu beschicken.

Das hatte nicht nur die Familie in Bangladesch gewundert, sondern auch den Vater, denn er fürchtete, in der Sehnsucht nach dem christlichen Weihnachtsfest könnte sich ein Mangel an Zugehörigkeit ausdrücken, das Gefühl, fremd geblieben zu sein in diesem Land, in dem Anabel doch sogar geboren war. Doch als er sie einmal darauf angesprochen hatte, hatte ihm Anabel erklärt, was Weihnachten wirklich war: »Nicht die Erinnerung daran, was vor zweitausend Jahren im Orient geschehen ist, sondern die Erinnerung daran, dass wir jeden Ärger und jedes Unglück hinter uns lassen können«, erzählte der Hausmeister im prächtigen Kaftan. »Weihnachten ist eine Art innere Reinigung, ein Zustand, in den wir uns versetzen, um anschließend bessere Menschen zu sein.« Jeeves lachte. »Und deshalb, meine lieben Gäste, ist Weihnachten auch ein Hindufest! Denn es ist eine Möglichkeit, schon im Hier und Jetzt wiedergeboren zu werden und mit einem besseren Karma in die Zukunft zu gehen – ohne dass wir zuerst sterben müssten! Und dafür danke ich dem christlichen Gott von ganzem Herzen.«

»Er spricht mir so aus der Seele«, sagte die melancholische Dame aus Schweden mit einem Leuchten in den Augen zu ihrem Mann. (Charlotte konnte nicht umhin, die beiden zu hören.) »Ich fühle mich auch jedes Mal wie neu geboren, wenn ich hier ankomme.« Sie seufzte.

Zärtlich legte ihr Mann seine Hand auf die ihre. »Ich weiß, mein Liebes«, erwiderte er. »Es ist das … das … ich weiß nicht, wie ich es sagen soll. In diesem Haus gibt es ein …«

»Karma«, sprach Charlotte aus und schämte sich sogleich, sich in ein fremdes Gespräch eingemischt zu haben.

»Ja«, sagte die Schwedin. »Das ist es. Sie haben es genau getroffen, Miss. Dieses Haus hat ein ganz besonderes Karma.«

»Sie sind schon öfter hier gewesen?«

»Wegen dieses Karmas kommen wir seit vielen Jahren«, erklärte der Mann und erhob sich kurz, um sich vorzustellen. »Björn Skjöllborn. Aus Stockholm.« Er deutete auf seine Frau: »Meine Frau Carla.«

»Freut mich«, sagte Charlotte und reichte beiden die Hand. »Charlotte Williams. Aus London.«

Die vornehme Dame nickte, als wüsste sie das bereits. Dann aber wurde sie von Jeeves, dem Hausmeister, abgelenkt, der an den Tisch getreten war und sich verbeugte. »Ich wollte mich bedanken, Ma'am«, sagte er zu Mrs Skjöllborn. »Für die schönen Kinderbücher. Anabel liebt sie. Jedes einzelne davon. Und Sie wissen, dies ist das größte Kompliment, das man einer Verlegerin von Kinderbüchern machen kann. Tausend Dank.«

»Ich habe zu danken, Rajeev«, erwiderte die elegante Frau. »Nicht zuletzt für Ihre wundervolle Ansprache eben. Sie haben es perfekt zum Ausdruck gebracht.«

Jeeves verbeugte sich noch einmal tief und ein bisschen weniger tief Richtung Mr Skjöllborn und Charlotte, dann überließ er die Gäste wieder sich selbst und diesem zauberhaften Abend, an dem weiterhin Nick einen kleinen Auftritt hatte, Kiharu mit geradezu magischen Cocktails überraschte (mit denen sie sogar in jedem Chemielabor Eindruck gemacht hätte, selbst wenn kein bisschen Chemie in ihnen steckte), sich der Pianist später noch zu Rock 'n' Roll-Versionen der berühmtesten Weihnachtslieder hinreißen ließ und auch sonst Sensationen geliefert wurden, die nicht hinter Las Vegas zurückstehen mussten – oder gar hinter Brighton.

Einmal schien es Charlotte für einen kurzen Augenblick, als hätte sie Pauls Gesicht hinter einem der Fenster gesehen. Sie hob die Hand zum Gruß und sprang auf, eilte am prächtigen Weihnachtsbaum und an der funkelnden Rezeption vorbei durch die Tür, in der sich die unzähligen Lichter spiegelten, die das Hotel illuminierten.

»Paul?«

Doch es war wohl nur Einbildung gewesen, ein Weihnachtswunschtraum, der ihr einen Streich gespielt hatte. So kehrte sie zurück zu ihrem Platz und ließ sich nach kurzer Zeit wieder mitnehmen in die Zauberwelt, die das 24 CS für seine Gäste erschuf.

Am Ende fand Charlotte sich grinsend und schniefend vor Glück vor ihrer Zimmertür wieder. Was für ein Abend! Ein Concierge als herausragender Entertainer, ein Hausmeister als großer Religionsphilosoph und eine Barfrau als Boxweltmeisterin. Denn mit dem Punch hatte sie Charlotte – und zweifellos nicht nur ihr – wahrlich den Rest gegeben. Der einzige Wermutstropfen, der ihr einfiel, war die Abwesenheit von Mrs Penwick. Dass sie nicht dabei gewesen war, hatte sie ein wenig traurig gemacht. Aber sicherlich war der alten Dame alles etwas zu viel geworden. Dass der Premierminister nicht anwesend war, wunderte Charlotte hingegen nicht. Vermutlich hatten solche Menschen selbst an Christmas Eve wichtige Amtsgeschäfte zu erledigen – oder sie genossen es schlicht, einmal nicht beobachtet zu werden, sondern ganz für sich zu sein.

Was Charlotte nicht mehr mitbekam, war, wie ein junger Mann vor ihrer Tür etwas abstellte: ein kleines Präsent, eingewickelt in dunkelblau-weiß kariertes Papier und verschnürt mit einer roten Schleife, die aus der schottischen Flagge gewissermaßen einen Union Jack machte. Und wie dieser junge Mann diskret wieder in die ebenso stille wie heilige Nacht verschwand.

Faszinierende Entdeckungen

Der Weihnachtsmorgen begann mit einer Überraschung. Während noch von Staffin das Geläut der Kirchenglocken herüberwehte, hoben plötzlich im verschneiten Garten des Hotels eine Handvoll Mädchen und Jungen in dicken Mützen und Mänteln und mit roten Wangen zu einem Lied an, das auch von der Weihnachtssuite aus gut zu hören war. Charlotte, noch in Unterwäsche, blickte hinunter und staunte. Das 24 Charming Street bot seinen Gästen ein kleines Festtagskonzert? Übrigens nicht nur mit Klassikern wie »Adeste Fideles« oder »Silent Night«, sondern auch mit Liedern wie »It's The Most Wonderful Time Of The Year« oder »Auld Lang Syne«. Charlotte war so gerührt, dass sie ganz vergaß, sich anzuziehen, bis zufällig einer der Jungen den Blick hob und das Rot seiner Wangen noch ein wenig röter wurde (und die Augen noch ein wenig größer). Erschrocken trat sie zurück und schnappte sich den Bademantel.

Unter der Tür hatte jemand ein Exemplar der *24 CS Times* hindurchgeschoben, die allerdings an diesem Tag *24 Christmas Times* hieß, wie Charlotte aber erst auf den zweiten Blick erkannte. Auf den ersten jedoch bemerkte sie, dass das Blatt an diesem besonderen Tag nicht wie sonst schwarz-weiß war, sondern farbig. Und die Titelseite zierte eine Aufnahme des Hotels in lichtergeschmücktem

Weihnachtsornat. Hätte sie nicht gewusst, wie zauberhaft es hier war, sie hätte das Foto für heftig bildbearbeitet gehalten.

»Das 24 Charming Street wünscht allen seinen Gästen ein frohes Fest!«, lautete die Schlagzeile über einem Artikel, der daran erinnerte, wie die Heilige Familie einst nach einer Herberge gesucht hatte, wie sie schließlich mit einem Stall hatte vorliebnehmen müssen, wie die Tiere bereit gewesen waren, ihr Dach und ihr Stroh mit ihnen zu teilen, wie dankbar wir alle für diese gute Tat sein sollten und wie dankbar das 24 CS sei, dass es all jenen für die Weihnachtszeit eine Heimat bieten durfte, die ebenfalls auf der Flucht waren – vor der Tristesse der grauen Stadt, vor der Einsamkeit, vor ihrem eigenen Trübsinn, dem Trubel ihrer üblichen Umgebung oder einfach vor den Niederungen des Alltags. Ja, dachte Charlotte, oder vor ihren Gläubigern. Und doch musste sie gelegentlich eine gewisse Augenwinkelfeuchtigkeit mit dem Taschentuch bekämpfen.

Auf den nächsten Seiten – an diesem Tag hatte man sich eine umfangreiche Ausgabe geleistet, das hieß: Es handelte sich um ein gefaltetes großes Blatt – kamen wichtige Mitarbeiter des 24 CS zu Wort: die Spülhilfe Walid aus der Küche, der Fischer Sam, der das 24 CS praktisch exklusiv mit regionalem Seefisch belieferte, die Gärtnerinnen Eliza und Doolittle (vermutlich Spitznamen?), die den Winter über in den Gewächshäusern arbeiteten, Glen aus der Wäscherei und Pip, der Lehrling, der nach einigen Monaten als Page zurzeit in der Hotelwerkstatt Master Vicky zur Hand ging. Also durchwegs Angestellte, die man als Gast gar nicht zu Gesicht bekam, die aber doch sehr mitverantwortlich dafür waren, dass man sich rundum verwöhnt fühlen durfte.

Charlotte war ein bisschen gerührt von der Idee, die Weihnachtsausgabe der Hotelzeitung nicht den exponierten Mitarbeitern zu widmen, sondern den »heimlichen Stars«, wie sie in der Überschrift genannt wurden. Und sie alle erzählten in einem kurzen Beitrag von ihren eigenen Weihnachtserinnerungen.

Erstaunt stellte Charlotte fest, dass so ein Hotel, selbst wenn es das kleinste Grandhotel der Welt war, wie ein komplexer Organismus funktionierte – oder wie eine Stadt. Alles hing irgendwie mit allem zusammen: keine Küche ohne den Spüler ohne den Kellner ohne den Fischer... Sie alle wirkten zusammen, um etwas, das kunstvoll die Freuden des Daseins zelebrierte, Wirklichkeit werden zu lassen. Und die Gäste, auch wenn sie hier verwöhnt wurden, sie taten das Ihre, indem sie das ganze Jahr über tätig waren (zumindest die meisten), gewiss nicht stets völlig unbeschwert, um sich irgendwann einen Aufenthalt an einem solchen Ort leisten zu können. Unwillkürlich fragte sich Charlotte, ob die Mitarbeiter eines solchen Hauses gelegentlich in einer vergleichbaren Herberge übernachteten und die Leichtigkeit des Seins genießen konnten. Vielleicht sollte sie damit mal bei einem Glas Kräuterlimonade Kiharu konfrontieren, bei der Charlotte den Verdacht hegte, sie könnte in einer vergessenen Stunde ihre rätselhafte Art ablegen und eben nicht verschwiegen sein.

Der Gesang im schneebedeckten Garten war verklungen, nur der Junge stand noch da und trödelte etwas, vermutlich in der Hoffnung, Charlotte würde ihm noch einmal einen gewagten Ausblick gewähren (was sie aber nicht tat), ehe auch er hinter den anderen davontrabte.

Charlotte beeilte sich, in der Weihnachtssuite in ihre Kleider zu kommen, denn den Spaziergang, den sie sich vorgenommen hatte, wollte sie auf jeden Fall vor dem Frühstück machen. Sie kannte sich: Wenn sie erst das zweite Spiegelei bestellt und sich noch von dem wirklich exzellenten Porridge genommen hatte, würde sie sich nicht mehr aufraffen. Und statt weit auszuschreiten, würde sie sich in die Lobby schleichen, um sich eine Zeitung oder eines der verlockenden Bücher zu schnappen, und den Vormittag im Sessel verbringen.

Allein das Schuhwerk ließ nach wie vor zu wünschen übrig. Charlotte zog drei Paar Socken übereinander, um die Londoner Stadtstiefel Skye-tauglich zu machen. Dann schnappte sie sich ihren Mantel, die Mütze und riss voll Tatendrang die Tür auf – nur um beim ersten Schritt nach draußen über eine Installation zu stolpern, die Jeff Koons alle Ehre gemacht hätte: Ein Paar riesige Winterstiefel standen vor ihrer Suite, überrandvoll mit Kleinigkeiten gefüllt, die entzückend verpackt waren; ganz oben ein kleines Päckchen, das wie die Flagge des Vereinigten Königreichs aussah. Ein Weihnachtsgeschenk? Tatsächlich? Im Stiefel, wie einst in ihrer Kindheit? Wobei sich der Weihnachtsmann damals leider nicht besonders große Mühe gegeben, sondern bevorzugt Obst aus dem Kühlschrank und Süßigkeiten aus dem Küchenschrank in den von ihr am Vorabend so hoffnungsvoll aufgestellten, in der Regel ziemlich verdreckten Stiefel gestopft hatte. Manchmal klebte noch der Preis auf dem Schokoriegel.

So entzückend die zahlreichen kleinen Präsente aussahen – am entzückendsten war, dass die Stiefel passten! Und zwar wie angegossen. Sie waren fest und doch leicht, kräftig gefüttert, und sie sahen so unverwüstlich aus, dass man damit vermutlich nicht nur eine Wanderung über schottische Inseln unbeschadet überstand, sondern sogar eine Arktisexpedition. Begeistert beschloss Charlotte, die Geschenke später auszupacken und erst einmal mit den neuen Stiefeln zu ihrem Ausflug aufzubrechen: ihrem Weihnachtsspaziergang über die Isle of Skye!

Als sie von der Hotelhalle einen Blick in den Garten und hinüber zu den Klippen warf, meinte sie, Paul zu sehen, und ihr Herz schlug etwas schneller. Doch er schien nicht allein zu sein, sondern in Begleitung einer Unbekannten. Nein, sie würde nicht stören. Es ging sie auch nichts an, mit wem Paul so vertraut über die Klippen lief. Sie waren schließlich kein Paar. Leider.

Nicht weit vom Hotel entfernt entdeckte sie Nick, der sich mit einem kleinen Mädchen eine Schneeballschlacht lieferte.

»Getroffen!«, rief die Kleine und juchzte vor Freude.

»Das war unfair!«, klagte Nick theatralisch. »Du hast nicht gewartet, bis ich fertig war.«

»Wer zu spät kommt, den bestraft der Schneeball«, kicherte das Mädchen und holte schon wieder aus. Doch diesmal duckte der Page sich rechtzeitig, und die weiße Kugel flog über seinen Kopf hinweg – geradewegs auf Charlottes Mütze zu.

»Gwen, was hast du gemacht?«, rief Nick und stürzte auf Charlotte zu. »Entschuldigen Sie, Ma'am, das … das war keine Absicht. Ich … also, meine Schwester …« Da traf ihn prompt der nächste Schneeball im Nacken, und er keuchte erschrocken auf. »Gwen!«, rief er und drehte sich zu ihr um. »Das ist ein Gast! Das ist unsere Weihnachtsbesucherin!«

»Oh«, sagte das Mädchen und ließ verzagt die Arme sinken. Das Lachen in ihrem Gesicht erlosch augenblicklich, sie blickte verlegen zu Boden und murmelte: »Tut mir leid, Ma'am.«

In dem Moment zerplatzte ein Schneeball auf ihrer Brust, und sie riss erschrocken das Gesicht nach oben. »Was … was …?«

»Das kommt davon!«, rief Charlotte und schnappte sich eine Faust voll Schnee, um einen weiteren Ball zu formen.

Augenblicke später war die schönste Schneeballschlacht im Gange, die Charlotte jemals erlebt hatte (nicht, dass es sehr viele gewesen wären, dafür gab es nach alter Tradition und Sitte schlicht zu wenig Schnee in Londoner Wintern). Am Ende lagen alle drei nach Luft ringend und mit glühenden Wangen im Schnee, selbst von oben bis unten weiß – und lachend wie die Kinder, auch wenn nur eine von ihnen ein Kind war. Gwen war, wie sich herausstellte, Nicks kleine Schwester, die ihm von zu Hause ein Stück selbst gebackenes Früchtebrot gebracht hatte, weil der Page über die Weihnachtstage arbeiten musste. Und weil Nick eine Stunde frei hatte, hatte er mit seiner kleinen Schwester ein wenig draußen sein wollen.

»Wir könnten noch ein Stück gemeinsam gehen!«, schlug Charlotte vor.

»Ich würde Gwen aber gerne zurück nach Hause bringen«, sagte Nick entschuldigend.

»Dann soll das unser Spaziergang sein!«, erklärte Charlotte. »Ich kenne hier nichts, für mich ist alles interessant.«

»Tja, wenn es Ihnen nichts ausmacht…«

»Im Gegenteil!«, versicherte Charlotte dem Pagen und fragte Gwen, wie alt sie sei (acht), wo sie zur Schule gehe (Peighinn a' Chorrain), wie man das noch mal genau ausspreche (es gibt Laute, die für englische Ohren unverständlich sind, für englische Zungen unaussprechlich sind sie ohnehin; die meisten davon müssen wohl gälischer Herkunft sein) und ob sie ihren Bruder an Weihnachten sehr vermisse (»Nein, so bleibt mehr Schokolade für mich«), während sie einen für Charlotte unsichtbaren Pfad durch den Schnee nahmen, der mitunter gewagt nahe an den Klippen entlangführte.

Die Stiefel waren wirklich fabelhaft. Obwohl sie eher zu den Frauen gehörte, die sehr leicht froren, waren ihre Füße so warm, als liefen sie durch den Sand am sommermittäglichen Strand von Brighton. Trotzdem war Charlotte froh, als sie bei dem kleinen Weiler angelangt waren, in dem das Wohnhaus von Nicks Familie lag, denn so langsam spürte sie ihre Nase nicht mehr.

Gwen wurde geschimpft, dass sie so lange unterwegs war, Nick geküsst, und zwar von allen Familienmitgliedern, die zur Tür traten, um ihm frohe Weihnachten zu wünschen und ihn zu drücken – und es waren erstaunlich viele Familienmitglieder. Charlotte wurden etliche neugierige Blicke zugeworfen. *Zu* neugierige, wie sie fand. Hoffentlich brachte sie den Pagen mit ihrer Aufdringlichkeit, dass sie hatte mitkommen wollen, nicht in Verlegenheit.

»Ein hübsches Zuhause«, bemerkte Charlotte, als sie sich wieder auf dem Rückweg befanden. Denn in der Tat fand sie das steinerne Anwesen, das der Abschluss eines längeren Riegels von gleichförmigen Gebäuden war, nett: blaue Fensterläden, gebastelte Sterne in den Fenstern (vielleicht von Gwen?), auf dem Kamin ein Schneehaufen, daneben ein Wetterhahn in Form eines Frosches (???), ein kleines Gärtchen, das zwar an diesem Tag verschneit war, in dem aber ein lichterbehangener Baum stand.

»Vor allem ein kleines«, erwiderte der junge Mann. »Für eine so große Familie.«

»Wie viele Geschwister sind Sie denn?«

»Sieben.«

»Oh.«

»Dazu meine Großeltern, vier Katzen und Bob.«

»Bob?«

»Der Hund.«

»Den habe ich gar nicht gesehen.«

»Er bleibt meist in seinem Korb am Küchenherd liegen. Ist schon ziemlich alt.«

»Und was heißt ziemlich?«, fragte Charlotte.

»Genauso alt wie ich. Vierundzwanzig.«

»Das ist wahrlich alt!«

Der Page blickte sie irritiert an. »Finden Sie?«

»Für einen Hund, meine ich.«

»Ach so.«

Charlotte musste grinsen. Nick machte ihr Spaß. Er hatte einerseits etwas Jungenhaftes an sich. Andererseits verlieh ihm seine Uniform einen sehr würdigen Auftritt.

»Und Sie?«, fragte er.

»Ich?«, erwiderte Charlotte erstaunt. »Siebenundzwanzig.«

»Oh, Verzeihung, das hatte ich nicht gemeint!«, beeilte er sich zu korrigieren. »Ich meinte: Ihre Familie? Haben Sie auch Geschwister?«

»Leider nein«, sagte Charlotte. »Ich bin eigentlich ziemlich…« Sie zögerte. So wirklich darüber nachgedacht hatte sie nie, vielleicht weil es in London nicht sehr außergewöhnlich, sondern eher die Regel war. Aber doch, es stimmte ja: »Ich bin eigentlich ziemlich allein.«

»Das tut mir leid. Dann ist es ja umso besser, dass Sie diese Weihnacht bei uns feiern!«

»Ja, Nick.« Charlotte fühlte tiefe Dankbarkeit. »Das ist es. Danke, dass Sie mich mitgenommen haben auf Ihren Weg.«

»Danke, dass Sie mitgekommen sind«, entgegnete Nick grinsend. »Jetzt sind Sie bestimmt das Gespräch des Tages in meiner Familie.«

Zurück im Hotel, überlegte sich Charlotte, ihren Verlegern doch wenigstens eine kurze Weihnachtsbotschaft zu schicken, um ihnen die Sorge zu nehmen, die Illustratorin von *Betty auf dem Jahrmarkt* könnte sich in Luft aufgelöst haben oder ihr könnte Schlimmeres passiert sein (zumindest hoffte sie, die beiden würden derlei Sorgen hegen). Sie ging noch einmal kurz hinter das Anwesen in den verschneiten Park und schaltete das Smartphone an, das sie seit dem Vortag nicht mehr aktiviert hatte. Noch ehe sie dazu kam, auch nur einen Buchstaben zu tippen, meldeten sich schon ein Dutzend Nachrichten mit einem Hinweiston. Clarissa – Randolph Soars – Ludmilla Soars – Henry – Lipton & Rogers – Lipton & Rogers – Clarissa – Leach – Leach – Leach und noch mal Leach.

»Leach!«, fluchte sie. »Was zum Teufel soll das!« Sie verdrehte die Augen und kapitulierte vor dieser Flut von unerwünschten Nachrichten und ließ sich dazu hinreißen, wenigstens die letzte zu öffnen. Ein Video. Natürlich wusste Charlotte, dass sie es nicht öffnen sollte. Sie wusste es absolut! Aber wie es manchmal so ist: Man weiß, man soll nicht am Mückenstich kratzen. Man weiß, man sollte die Chipstüte nicht öffnen. Und doch tut man es: Charlotte Williams' Daumen zumindest tat, was er nicht hätte tun sollen, und tippte auf das Bild, worauf ihr Leach buchstäblich entgegensprang: »Charles!« Sie hasste es, wenn er sie Charles nannte. »Wo um alles in der Welt bist du? Verschollen am Ende der Welt?« Er konnte ja nicht ahnen, wie nah er damit der Realität kam. »Wir haben hier jedenfalls einen Bombenspaß. Sogar der Duke of Sussex ist hier!« Im Hintergrund war lautes Lachen und Kreischen zu hören, es ging offenbar hoch her. Die Kamera wackelte, Leach verschwand vom Bildschirm, und eine bizarre Szene bot sich Charlotte dar. »Sussex? Sussex!«, hörte sie Leach aus dem Off rufen. Mit »Sir Duke« war also wohl tatsächlich der Herzog gemeint. Dann schwenkte die Kamera wieder auf seine eindeutig nicht mehr nüchterne Gestalt, und es sah für einen Moment aus, als hätte er kaum etwas an. »Bescherung!«, schrie er. »Wir spielen hier Strip-Poker mit Bescherung. Frohe Weihnachten, Charlie! Ich hoffe, du hast auch Sp...« An der Stelle brach das Video ab, und Charlotte starrte fassungslos auf den stummen Bildschirm, auf dem ihr das royale Hinterteil in vornehmster Blässe maximal unvornehm entgegenleuchtete.

Natürlich hatte sie den Mann erkannt, selbst wenn er nicht von seiner vorteilhaftesten Seite zu sehen gewesen war. Eher von seiner allerunvorteilhaftesten, wenn sie ehrlich war. Es gibt Bilder, die prägen sich ein, ob man will oder nicht. Hier wollte sie eindeutig nicht, wusste aber, dass es sich trotzdem einprägen würde. Gnadenlos. Und Charlotte konnte nur hoffen, dass Leach diese Aufnahme nur an sie geschickt hatte und dass kein anderer sie jemals zu sehen bekommen würde. Andererseits... Vielleicht machte es in Wirklichkeit auch gar nichts? Immerhin gehörte es zum guten Ton in der königlichen Familie, dass von Zeit zu Zeit eines ihrer Mitglieder ein wenig über die Stränge schlug. Es war gewissermaßen Tradition und wurde in weiten Teilen der Bevölkerung mit Gelassenheit hingenommen, während es im Rest der Welt als Teil britischer Folklore galt.

Für einen kurzen Augenblick hatten bei Charlotte die Alarmglocken geschrillt. Sie war Britin genug, um die Monarchie als etwas Gutes und Nützliches zu betrachten, sozusagen gegen jede Vernunft. Doch dann hatte sie sich beruhigt. Schließlich war der Duke of Sussex in der Thronfolge weit genug von der Krone entfernt, ohnehin war man von ihm einiges gewöhnt. Und vielleicht würde dieser Vorfall ja im kleinen Kreis der Eingeweihten bleiben. Außer den Beteiligten und einer ehemaligen Geliebten des Mitspielers Leach Wilkins-Puddleton würde niemand davon erfahren. Seiner Frau würde er solche Filmchen jedenfalls nicht schicken (dass sie gar mitspielte, war ausgeschlossen). Und Charlotte würde Stillschweigen bewahren. Auch wenn sie vom Verhalten ihres Ex-Freunds mehr als enttäuscht war, so wusste sie, was sich gehörte. Sie konnte nur hoffen, dass sie nicht die einzige ehemalige Geliebte war, die er mit einer solchen Aufnahme beglückt hatte. Überhaupt: Vielleicht gab es sogar eine aktuelle Geliebte. Leach wäre es zuzutrauen, dass er sie mit einer anderen Geliebten betrog, während er gleichzeitig seine Frau mit ihr betrog.

Solchermaßen über den Irrwitz ihres eigenen Liebeslebens und das Wesen von Beziehungen an sich sinnierend, stand sie im winterkalten Garten des 24 Charming Street und bemerkte erst nach einiger Zeit, dass ihre Nasenspitze so erfroren war, dass sie inzwischen vermutlich etwa dieselbe Farbe hatte wie die von Rudolf dem Rentier. Davon abgesehen, war sie buchstäblich am Verhungern.

Sie nahm nur eine schnelle heiße Dusche, ehe sie in den Frühstücksraum hinunterging. Sie hatte extra ihr dunkelgrünes Kleid herausgelegt und band sich eine tiefrote Haarschleife in die frisch geföhnten Locken. Dennoch kam sie sich einmal mehr reichlich underdressed vor, als sie den Speisesaal betrat. Denn die Damen glänzten in ihren silbernen und goldenen Roben und mit ihrem Schmuck, und die Herren waren zwar nicht im Frack erschienen, aber eben auch nicht im Pullover, sondern mit Jackett und Schlips, sodass sich das Bild einer vollendeten Gesellschaft ergab – wenn man von der etwas zu molligen, etwas zu kurzen und etwas zu erhitzten Londonerin im dunkelgrünen Kleid von Marks & Spencer absah, das nun einmal leider auch wie von Marks & Spencer aussah.

»Sie sehen hinreißend aus, wenn ich mir die Bemerkung erlauben darf«, flüsterte Richard ihr zu, der an diesem Tag die Begrüßung der Gäste im Frühstücksraum übernommen hatte. Und: »Frohe Weihnachten!«

»Ihnen ebenfalls, Richard, vielen Dank.« Auch für das Kompliment, dachte sie, auch wenn er es vermutlich jeder Frau machte, die heute an ihm vorüberschritt – und womöglich ebenso jedem Herrn. »Ihre kleine Feier gestern war übrigens ganz bezaubernd. Es war einer der schönsten Abende für mich seit...« Sie musste überlegen. »Eigentlich überhaupt«, gab sie zu.

»Oh. Das freut mich! Wir haben uns viel Mühe gegeben.«

»Das hat man gemerkt. Und zugleich ist es Ihnen gelungen, dass man es im Augenblick selbst ganz vergessen hat.«

»Wie schön von Ihnen, dass Sie das sagen«, erklärte der Portier und verneigte sich leicht.

»Ähm, Richard...«

»Ja, Ma'am?«

»Sagen Sie... Die Stiefel...«

»Es hat uns sehr glücklich gemacht, festzustellen, dass sie offenbar gut gepasst haben.«

Uns, dachte Charlotte. Natürlich, sie waren ja vom Hotel gespendet worden. »Es ist nur... Sie können mir doch nicht einfach Stiefel schenken.«

Richard winkte ab. »Machen Sie sich keine Sorgen, Ma'am. Es ist nun einmal Tradition, dass sich das 24 CS um das Wohlergehen seiner Gäste kümmert. Wir hatten schon weitaus schwierigere Fälle als unpassendes Schuhwerk.« Er hüstelte. »Außerdem ist es Tradition, dass die Gäste des Hauses an Weihnachten mit einem kleinen Präsent überrascht werden.«

Tatsächlich entdeckte Charlotte, als sie in den Frühstücksraum blickte, auf den Tischen kleine Päckchen, hübsch verpackt oder schon geöffnet.

»Das finde ich aber wirklich bezaubernd«, stellte sie fest. »Die Gäste … Und die Mitarbeiter?«

»Oh, gewiss. Die bekommen gelegentlich auch eine Kleinigkeit. Aber das ist nicht wichtig, wirklich.«

Wie er es sagte, war Charlotte sofort klar, dass sich hinter der Bescheidenheit der Umstand verbarg, dass für Geschenke an die Mitarbeiter des Hotels niemand anderer zuständig sein konnte als die Gäste selbst. Jedenfalls diejenigen unter den Gästen, die die nötige Haltung und Wertschätzung aufbrachten. Entsprechend peinlich war es ihr, dass sie an dergleichen gar nicht gedacht hatte. Aber was hätte sie auch schenken sollen, pleite, wie sie nun einmal war?

»Es tut mir leid, dass Sie heute arbeiten müssen«, sagte sie, um trotz allem ihren Respekt auszudrücken.

»So dürfen Sie nicht denken, Ma'am«, erwiderte der ältere Herr. »Es gibt keinen schöneren Ort auf Erden als das 24 Charming Street. Jeder Tag, den ich hier arbeiten darf, ist ein Privileg.«

Charlotte lächelte ihm dankbar zu, dankbar für diese wundervolle Entschuldigung, die zweifellos nur dem

Zweck diente, den Gästen das schlechte Gewissen zu nehmen, dass sie sich an Weihnachten nach allen Regeln der Kunst verwöhnen ließen und damit anderen jede Menge Arbeit zumuteten.

»Freie Platzwahl?«

»Freie Platzwahl, Ma'am.«

Sie suchte sich einen Tisch in der Nähe der Teebar aus. Denn an diesem Tag wollte sie sich die legendäre Auswahl dieses an legendären Auswahlen so reichen Hauses vornehmen. »Von leicht zu kräftig«, lautet eine alte Teetrinkerweisheit, weshalb sie sich zunächst einen weißen Tee von den Hängen des Himalaya gönnte.

Allerdings lautet eine andere Weisheit passionierter Teeliebhaber: »Wenn du etwas geleistet hast, nimm dir einen kräftigen Tee.« Und sie hatte etwas geleistet: einen ausgiebigen Marsch über gefühlt die halbe Insel und eine leidenschaftliche Schneeballschlacht. Entsprechend groß war ihr Appetit auf etwas Kräftiges, auch auf eine Kanne kräftigen Tees. Da kam der 24 CS Assam gerade recht. Ein Tee so stark, dass man damit die britische Bürokratie aus ihrem Tiefschlaf hätte wecken können.

Dazu die Scones, der Plum Pudding, der Christmas Pie (mit vielen Nüssen, Marzipan, Feigen, Orangenschalen und Zutaten, die so fragwürdig wie köstlich waren), Räucherfisch von Tal McTarry, die fein aufgeschnittenen … An dieser Stelle unterbrechen wir die Betrachtung des Frühstücks von Charlotte Williams aus Gründen des guten Benehmens und widmen uns der des großen Ganzen: Der Saal war – soweit das überhaupt möglich war – noch prachtvoller geschmückt als schon in den vorangegangenen Tagen.

Zu Charlottes Entzücken hing über jedem Tisch ein Mistelzweig (und es wäre nicht gelogen zu sagen, sie hätte sich für einen kurzen Augenblick gewünscht, sie hätte ihn nutzen können; das heißt, doch, es wäre gelogen, denn sie wünschte es sich für einen deutlich längeren Augenblick). Die Fenster waren mit Stechpalmenzweigen geschmückt, auf jedem Tisch lag ein kleines Gesteck aus Nadelgehölz und Zapfen der unterschiedlichsten Art, die Tischdecken waren schneeweiß und mit Goldsternen bestickt, überall waren Kerzen aufgesteckt worden, die dem Speisesaal zusätzlich zum gnädig hereinfallenden Sonnenschein ein sanftes Licht spendeten. Und die Bedienungen trugen an diesem Tag statt der dunkelblauen Hoteluniform mit Silber eine dunkelrote mit goldenen Applikationen und Knöpfen.

Erschöpft und satt und müde saß Charlotte auf ihrem Platz, genoss noch eine Tasse vom Haustee, dessen zartes Mandelaroma dem Frühstück einen wahrhaft erhebenden Abschluss verlieh. Sie dachte an Paul. Mit gemischten Gefühlen, von denen sie selbst nicht so recht wusste, wie sie sie interpretieren sollte. Es war so fröhlich, so unbeschwert gewesen im *Flodigarry Boatsmen* und an dem Abend, als sie beinahe ... Doch dann war er auf ihre, wenn auch unmögliche Einladung nicht eingegangen – und schließlich hatte sie ihn noch mit dieser Unbekannten gesehen. Sie musste sich ernsthaft fragen, ob sie gerade im Begriff war, eifersüchtig zu werden. Lächerlich! Sie kannte Paul ja nicht einmal. Er war sympathisch. Nichts weiter. Obwohl ... Seine offene Art, sein gewitztes Lächeln, sein aufmerksames Verhalten, das sprach schon Bände. Wenn sie da an Leach dachte ...

Was ein Fehler war. Denn nun dachte sie an Leach und wie er wohl gerade feierte. Mit seiner Frau vermutlich. Und womöglich mit dem Duke of Sussex? Hatte er sie angerufen, weil er ihr wirklich ein frohes Fest wünschen wollte? Oder ging es nur darum, zu prüfen, wie sehr er ihr fehlte und ob sie nach wie vor an seiner Angel hing? Denn davon ging er zweifellos aus. Für Männer wie Leach konnte es nur einen Grund geben, sich von ihnen zu befreien: einen anderen Mann. Am meisten kränkte Charlotte, dass er so aufgekratzt geklungen hatte. Dabei hatte sie doch Schluss gemacht! Sie!

Es dauerte eine Weile, bis sie bemerkte, dass ihre Wangen feucht waren. Verlegen griff sie nach der Serviette und tupfte sich die Augen trocken. Was war nur mit ihr los? Saß sie im Ernst in einem Luxushotel, ließ sich in jeder Hinsicht verwöhnen, ohne einen einzigen Penny dafür bezahlen zu müssen, und heulte jetzt? Worüber? Wieso um alles in der Welt?

»Es ist für niemanden leicht«, sagte Mrs Penwick, die am Nebentisch frühstückte, als wäre sie dorthin gezaubert worden, und die keineswegs zu Charlotte herüberblickte, sondern wehmütig lächelnd durch das Fenster ins wieder einsetzende Schneetreiben, als wünschte sie sich, ganz fern von hier zu sein. »Für niemanden.«

Charlotte sah sich um. Doch da war niemand, an den die alte Dame das Wort hätte gerichtet haben können. Da wusste sie, dass sie gemeint war. Ein wenig getroffen, ein wenig getröstet stand sie auf und beendete das Morgenmahl, das bis zur Mittagsstunde gedauert hatte. Sie passierte gerade den Eingang, als die große Standuhr in der nebenan gelegenen Lobby zwölfmal schlug.

In höheren Kreisen

Der Nachmittag war der Arbeit gewidmet. Zunächst hatte Charlotte sich an das Tischchen im Salon ihrer Suite gesetzt und die kleinen Geschenke vor sich aufgereiht, auch die, die sie in ihren neuen Stiefeln gefunden hatte. Ein Dutzend hübsch eingewickelter und verschnürter Päckchen, geheimnisvoll und verlockend. Sie war schon im Begriff gewesen, die erste Schleife aufzuzupfen (die rote um das dunkelblau-weiße Papier), da hielt sie inne, sich an ihren Vater erinnernd, der ihr einmal einen weisen Spruch gesagt hatte: »Wenn du deine Freude teilst, wird sie größer!«

Ja. Das würde sie. Ihre Freude teilen. Und sie wusste auch schon mit wem. Sie musste nur noch einen Weg finden, wie.

Und so hatte Charlotte die kleinen Überraschungen wieder weggepackt und sich an ihre Zeichnungen begeben. Vielleicht war es die Vorfreude, jemandem eine Freude machen zu können. Vielleicht war es auch nur das milde Licht, das durch die großen Fenster hereinfiel. Jedenfalls hatte sie nach wenigen Augenblicken das gefunden, was man in kreativen Kreisen den »Flow« nannte. Prosaischer ausgedrückt: Es lief. Und es lief gut! Zu der alten Dame, die sie am Vorabend gezeichnet hatte, gesellten sich in rascher Folge ein äußerst eleganter Page, dem es gelang, sich von der Illustratorin eine ganz besondere Körperspannung verleihen zu lassen, ein Barpianist mit womöglich etwas zu langen Fingern und womöglich etwas zu melancholischem Blick, ein Zimmermädchen mit bezaubernder Stupsnase. Und all diese Figuren bekamen nach und nach einen Rahmen (der Page etwa vermochte es, ein Dutzend großer und kleiner Koffer auf ebenso halsbrecherische wie liebevolle Weise zu balancieren; der Pianist schien seinen Tönen zu lauschen, als wäre jeder von ihnen ein Kind, das er ins Herz geschlossen und für das er alles Verständnis der Welt hätte – den Flügel übrigens zeichnete Charlotte so, dass er durchs Fenster hinaus in den Garten ragte und bis über die Klippe).

Es machte ihr endlich wieder Freude zu zeichnen, ja, ihre Finger flogen geradezu lustvoll übers Papier. Hinzu aber kam, dass ihr bei diesen Skizzen auch genau die Geschichte vorschwebte, die sie erzählen wollte – obwohl sie noch nie eine eigene Geschichte illustriert hatte!

Es begann bereits zu dämmern, als sie wieder von ihrem Skizzenblock aufblickte. Kurz nach vier. Nach Westen hin war der Himmel ein wenig vergoldet, gen Osten zog Dunkelheit herauf, und die Lichter vom Festland, von Gairloch, aber vielleicht auch von Rona, blinkten herüber. Einzelne Sterne schienen am frühen Abendhimmel unvermittelt aus der Tiefe zu treten.

Charlotte legte den Stift beiseite und erhob sich. Diese hübschen Möbel waren nichts fürs Kreuz. Der Rücken schmerzte, und so langsam stellte sich ein wenig Hunger ein. Kurz überlegte sie, ob sie sich etwas aufs Zimmer bestellen sollte – gekonnt hätte sie ja. Aber dann entschied sie sich, hinunter in die Lobby zu gehen. Sie mochte es, unter Menschen zu sein, andere zu beobachten, sie mochte die Geräusche, die man in einem Hotel hörte: leise Musik, diskrete Gespräche, das Klirren von Teetassen, die Schritte der vorübereilenden Angestellten, das Rascheln von Zeitungen oder Buchseiten, Stimmen in verschiedenen Sprachen … Es war wie die ganze Welt im Kleinen, ein Universum in feinster Ordnung, dem böse Überraschungen, Stress und Hektik ausgetrieben waren und an dem sich Menschen jedweder Herkunft gleichermaßen erfreuen konnten – es war eine gute Welt.

»Hätten Sie einen kräftigen Ceylon für mich, Kiharu?«, fragte Charlotte im Vorbeigehen die Barfrau.

»Sicher, Ma'am. Ich bringe Ihnen den Tee, wenn er fertig ist.«

Sie setzte sich an eines der Fenster, die zur Auffahrt gingen. Die Limousinen des Premierministers waren verschwunden. Auch der Leibwächter mit der *Sun* saß nicht mehr an seinem Tisch. Dafür entdeckte Charlotte ein Buch auf dem Nachbarsessel, dessen Titel sie neugierig machte: *Machiavelli lag falsch*. Sie griff danach und schlug es auf, um zu erkennen, dass es keines der Bücher war, die das Hotel für seine Gäste präsentierte. Vielmehr enthielt es eine persönliche Widmung, gehörte also offenbar einem Gast – und es war nicht allzu schwer zu erraten, *welchem* Gast es gehörte: »Für den hohlköpfigsten, gewissenlosesten, selbstgefälligsten und orientierungslosesten Staatenlenker, den der Planet jemals ertragen musste, von seinem beschämten, aber über die Maßen stolzen Bruder. Ich hoffe, du lernst noch etwas dazu, old chap. J.«

»Oh! Sie haben es gefunden«, sagte die Frau des Premierministers, die so unvermittelt neben Charlotte aufgetaucht war, dass der beinahe das Buch aus der Hand gefallen wäre.

»Ähm, good afternoon, Ma'am.«

»Good afternoon, Miss Williams.«

»Sie kennen meinen Namen?«

»Richard war so freundlich, ihn mir zu verraten. Sie sind schließlich der diesjährige Ehrengast des Charming Street!«

»Tja …« Charlotte versuchte, die Gemahlin des prominenten Gastes nicht anzustarren – und fragte sich, ob ihr das nicht seltsam vorkommen könnte, schließlich war sie es sicher gewohnt, angestarrt zu werden. »Ich fürchte, ich habe mich gerade etwas unvorteilhaft benommen.«

Ein Lächeln zuckte um die Mundwinkel der First Lady. »Ach, wissen Sie, Neugier ist schließlich eine menschliche Tugend, nicht wahr?«

»Meinen Sie?«

»Nur Dummköpfe denken, sie wüssten schon alles.« Es war nicht schwer zu erraten, wen die First Lady bei dieser Bemerkung im Sinn hatte. »Außerdem gehört *unvorteilhaftes Benehmen* zu unseren typischen Erfahrungen.« Sie nahm das Buch, das Charlotte ihr hinhielt, und warf lächelnd einen Blick auf die Widmung.

»Tatsächlich?«

»Ach, Miss Williams, das geschieht sozusagen ständig. Es gibt nun einmal ein gewisses Spannungsverhältnis zwischen dem Verhalten ganz normaler Menschen, also Menschen wie Sie, nehme ich an, und den Absonderlichkeiten, die den Alltag eines Premierministers ausmachen. Wenn Sie wüssten, was wir schon alles erlebt haben …«

»Darf man das denn erfahren?«, fragte Charlotte, über ihren eigenen Mut erstaunt.

Die First Lady zögerte einen Augenblick. Dann zuckte sie mit den Achseln. »Vermutlich nicht. Andererseits gibt es wohl kein Gesetz, das es verbietet. Und vielleicht tröstet es Sie ja, zu erfahren, dass der amerikanische Außenminister bereits das Vergnügen hatte, eine halbe Nacht im Gärtnerhaus von Chequers, dem Landsitz der britischen Premierminister, festzusitzen, weil er nicht schlafen konnte und deshalb lieber ein nächtliches Bad im Teich des Anwesens genommen hat – textilfrei.«

»Er hatte nichts an?«

»Vor allem hatte er seinen Ausweis nicht dabei. Und die Leute von der Nachtschicht erkannten ihn ohne sein Toupet nicht wieder.«

Charlotte kicherte. »Das hätte bestimmt einen ordentlichen Skandal gegeben, wenn das bekannt geworden wäre.«

»Es wird aber nicht bekannt, nicht wahr?«

»Nein, natürlich nicht, Ma'am!« Einen Augenblick lang kam Charlotte sich vor wie eine Figur aus dieser altmodischen, aber irgendwie immer noch sehr glaubwürdigen Fernsehserie *Yes Minister*, die ihr Vater immer so gern gesehen hatte.

Die Barkeeperin tauchte wie aus dem Nichts auf und servierte den Ceylon.

»Danke, Kiharu!«

Charlotte und die First Lady sahen schweigend zu, wie die Barkeeperin die Kanne, eine Tasse, ein kleines

Milchkännchen und einen silbernen Becher mit diversen Arten von Zucker auf dem Tisch platzierte und eine zierliche Sanduhr danebenstellte, die besagte, wann die Kanne zu kippen war.

»Oder meine Tante Prudence«, erzählte die First Lady weiter, »die mir Kuchen in die Downing Street bringen wollte und es irgendwie geschafft hat, durch die Torkontrolle zu schlüpfen. Man musste den Kuchen sprengen.«

»Sprengen? Warum das denn?«

»Ich nehme an, um zu verhindern, dass er plötzlich explodiert.«

»Sehr verständlich«, murmelte Charlotte fasziniert.

»Oder die Nummer vier der Thronfolge!«

»Ein Mitglied der königlichen Familie? Wirklich?«

»Es wäre sicher nicht passiert, wenn er meinem Mann nicht in Unterhosen auf einem Hotelflur in Edinburgh um den Hals gefallen wäre. Nicht dass er ihn besonders schätzt. Er hat ihn vermutlich für seinen Vorgänger gehalten.« Die First Lady gluckste leise. »Solche Dinge geschehen ständig. Es gehört im Grunde zur Jobbeschreibung eines Regierungschefs: *Wenn Sie bereit sind, hundertzwanzig Stunden wöchentlich zu arbeiten, sich dafür täglich in der Presse zerfleischen zu lassen und keine Angst vor verrückten Überraschungen haben, sind Sie bei uns richtig.*«

Es stellte sich heraus, dass die First Lady überaus belesen war – selbst in der Kinderliteratur. Sie kannte sogar ein von Charlotte illustriertes Werk, das es angeblich hier im Hotel gab (*John der Starke und Joan die Stärkere*). »Ach, wissen Sie, durch Kinderbücher kann man sich oft am besten von den Sorgen des Alltags befreien. Ein paar

Seiten über einen Fiesling bei Roald Dahl und Sie finden sogar den Oppositionsführer gar nicht mehr so unsympathisch.« Abgesehen davon hatte sie ihren beiden Söhnen vorgelesen.

Diesmal allerdings waren Ted und Winston nicht mitgekommen, weil ihr Großvater sie für den zweiten Weihnachtstag zu einem Spiel von Crystal Palace gegen den FC Arsenal eingeladen hatte (welcher Junge hätte da widerstanden?).

Nachdem sich die First Lady, die sich ganz im Gegensatz zu ihrem Widerling von Gatten als wirklich entzückend entpuppte, eine Weile mit Charlotte über die schönsten Kinderbücher aller Zeiten unterhalten und sich eine Tasse Ceylon-Tee hatte aufnötigen lassen, stellten sie beide erschrocken fest, dass die ersten unter den übrigen Gästen bereits in Abendkleidung zum Dinner schritten.

»Ich sollte wohl meinen Mann langsam aus seiner aktuellen Konferenz mit Managern in Taiwan oder mit Militärs in Brüssel oder mit wem auch immer abziehen und ihn in die hiesige Welt zurückholen«, erklärte die First Lady mit sanftmütigem Lächeln. »Sonst bekommt er gar nicht mit, dass Weihnachten ist, der Arme.« Sie stand auf. »Vielen Dank, dass Sie mich so lange ertragen haben.«

»Oh, es war mir ein ganz besonderes Vergnügen, Ma'am«, beeilte sich Charlotte der First Lady zu versichern.

»Nennen Sie mich doch einfach Mildred, bitte.«

»Gerne«, erwiderte Charlotte geschmeichelt. »Ich bin...«

»Charlotte.«

149

»Ja, richtig.«

»Hat mich gefreut, Charlotte«, erklärte die First Lady. »Ihr nächstes Kinderbuch kaufe ich mir ganz bestimmt.«

»Es wird mir eine Ehre sein, Ihnen eines zu schicken. Soll ich es den Jungs widmen?«

»Widmen Sie es besser dem großen Jungen.« Sie machte eine Kopfbewegung in Richtung der Aufzüge, wohin sie gleich entschwinden würde. »Er kann etwas so Liebenswertes und Aufheiterndes wie Ihre Illustrationen am meisten gebrauchen.« Sie winkte zum Abschied und verschwand so unvermittelt, wie sie aufgetaucht war.

Die Nummer vier der Thronfolge. War das nicht…? Hastig holte Charlotte ihr Smartphone aus der Tasche, um zu recherchieren. Alles, was sie fand, war jedoch: keine Verbindung. Okay, dann also die kleinen grauen Zellen: Nummer eins war natürlich der Prince of Wales, so weit, so klar. Nummer zwei und drei waren seine beiden Kinder. Oder fielen weibliche Familienmitglieder durchs Raster, wenn es nur genug männliche gab? War das so? Trotz Elisabeth eins und zwei und Victoria? Also, wenn sie wegfielen, dann wäre natürlich alles anders, denn dann wäre der Bruder des Prince of Wales und gegebenenfalls sein Sohn, der zwar erst zwei war… Nein, das konnte ja wohl nicht sein. Andererseits: Nummer vier, das war kein theoretischer Platz, das war schon nah dran. Diese Thronfolgearithmetik hatte sie nie begriffen. Aber Charlotte wusste, wer es wissen würde. Und wenn sie Glück hatte, war er noch im Einsatz!

Kurz vor dem Erfrierungstod sah sie die Lichter über eine der unzähligen Kuppen blitzen, über die die Straße verlief. Es dauerte zwar noch einige Minuten, bis auch die letzten Biegungen, Steigungen und Senkungen bewältigt waren, aber dann bogen die Scheinwerfer um die Ecke und der Bus kam an der Haltestelle beim Hotel zum Stehen.

»Good evening, Ma'am«, grüßte Harold und tippte sich an die Mütze.

»Hallo, Harold«, grüßte Charlotte zurück. »Ich freue mich, Sie zu sehen.«

»Ebenso, Ma'am! Wo soll's denn hingehen? Haben Sie noch einen Weihnachtsbesuch zu machen, ehe das Fest wieder vorbei ist?«

Charlotte lachte. »Da überschätzen Sie meine Beziehungen auf dieser schönen Insel. Ich wollte nur eine kleine Rundfahrt mit Ihnen unternehmen.« Sie blickte durch die Reihen des Busses und entdeckte noch einen einzigen weiteren Fahrgast: eine Frau mittleren Alters mit feuerrotem Haar und farblich perfekt darauf abgestimmter Nase. Sie saß in der dritten Reihe, schien aber von Charlotte keine Notiz zu nehmen.

»Dann suchen Sie sich mal einen Platz aus, Ma'am.«

»Ich würde gerne bei Ihnen stehen bleiben, Harold, und ein wenig mit Ihnen plaudern.«

Das war vielleicht nicht die geschickteste Methode, ihren Plan einzuleiten, denn noch ehe Charlotte den Hauch einer Chance hatte, den Inhalt des von ihr beabsichtigten Gesprächs auch nur ansatzweise in die von ihr gewünschte Richtung zu lenken, hatte der Busfahrer schon Luft geholt und erklärt, dass dieses Jahr Weihnachten auf der Insel ganz anders sei.

»Es muss am Jetstream liegen«, beharrte er.

»Jetstream?«, fragte Charlotte ratlos.

»Der ist nach Norden abgebogen. Oder nach Süden, was weiß ich. Jedenfalls fehlt er uns jetzt. Dadurch ist die Luft kälter. Und wenn sie kalt ist, bringt er Schnee, verstehen Sie?«

Okay, das immerhin verstand sie. »Schön, nicht wahr?«, verirrte sie sich in ihrer grenzenlosen Ahnungslosigkeit.

»Schön? Ja, wenn man Schnee will, dann ist es natürlich schön. Aber wir hatten auf dieser Insel in den wenigsten Jahren weiße Winter. Deshalb ist es ja eine *Insel*.« Er sagte es, als wäre anzunehmen, dass Charlotte nicht wisse, worum es sich bei einer »Insel« handelte.

»Wir haben doch in der ersten Klasse die schönsten Schneemänner gebaut, Harry«, rief die feuerrote Frau von hinten.

Charlotte blickte sich zu ihr um. Die Mitfahrerin grinste und wackelte mit den Augenbrauen, als wollte sie sagen: »Männer. Immer irgendeinen Unsinn auf den Lippen.«

»Die waren so klein, dass man sie für Trolle hätte halten können, Rowena«, erwiderte Harold.

»Kommt dir wahrscheinlich von heute aus betrachtet so vor«, spottete die Frau, und zu Charlotte sagte sie: »Ich muss aber zugeben, dass er schon als Junge ein Hüne war.« Dann wieder in Harolds Richtung: »Für dich muss die Welt sowieso viel kleiner aussehen, Harry!«

»Keine Ahnung«, entgegnete der Busfahrer. »Ich weiß ja nicht, wie sie für dich aussieht.«

»Sie müssen ungefähr im Alter des Prince of Wales sein«, schlug Charlotte vor, um irgendwie auf ihr Thema zu kommen, erntete dafür allerdings entrüstete Blicke von zwei Menschen. »Also, natürlich nur ungefähr«, beeilte sie sich zu verbessern. »Vermutlich sind Sie zehn Jahre jünger.« Und auf das eisige Schweigen der beiden hin: »Eher fünfzehn! Oder mehr!«

»Elf«, knurrte Harold ungnädig.

»Harry! Es gehört sich nicht, das Alter einer Lady zu verraten«, schalt ihn Rowena.

»Ich merk's mir«, erwiderte Harold. »Falls mal eine Lady mitfährt.«

»Du tust ja gerade, als wäre die Queen noch nie in deinen Bus gestiegen.«

»Die Queen?«, fragte Charlotte begeistert (wobei die beiden keine Ahnung hatten, weshalb sie so begeistert war). »In Ihrem Bus, Harold?«

»Gibt schließlich kein besseres Verkehrsmittel auf Skye«, stellte der Busfahrer fest.

»Da haben Sie allerdings recht. Das muss aber trotzdem aufregend für Sie gewesen sein, was?«

»Für mich?« Harold lachte vergnügt. »Ich nehme an, es war eher für sie aufregend. Obwohl die alte Dame einiges verträgt. Sie ist ja oft in den Highlands.«

»Wegen der Kurven?«

»Allerdings.«

»Und sind auch schon andere Royals mitgefahren?«

»Jede Menge! Der Duke of Kent war mein Fahrgast, die Princess Royal …«

»Wirklich? Ich habe sie auch einmal getroffen.«

Harold zuckte mit den Achseln. »Schätze, es wird

nicht leicht sein, jemanden im Vereinigten Königreich zu finden, der sie noch nicht getroffen hat. Die Frau lebt ja praktisch aus dem Koffer.«

»Dem Koffer?«, warf Rowena von hinten ein. »Morty musste zweimal fahren, um ihr ganzes Zeug ins 24 zu schaffen.«

»Morty?«

»Mein Mann. Er ist bei der Eisenbahn beschäftigt und befördert das Gepäck.«

»Und die Princess Royal ist auch im Hotel Charming Street abgestiegen?«

»Wo denn sonst, meine Gute?« Rowena lachte. »Im Flying Fisherman?«

Die beiden Einheimischen amüsierten sich so köstlich, dass Charlotte mitlachen musste. Außerdem lachte sie, weil sie den richtigen Augenblick gekommen sah, endlich ihre Frage loszuwerden.

»Wissen Sie, ich habe diese Thronfolgeregelungen nie wirklich verstanden«, erklärte sie. »Also, wer da nun eigentlich auf Rang drei und vier und so weiter landet.« Sie zuckte die Achseln. »Ist ein Buch mit sieben Siegeln für mich.«

»Tatsächlich?«, sagte Harold. »Nichts leichter als die britische Thronfolge.«

»Wenn Sie's mir erklären können, hätten Sie wirklich eine Wissenslücke bei mir geschlossen.«

»Nun, zuerst einmal, alle müssen von Sophie von Hannover abstammen. In direkter Linie, sonst geht gar nichts.«

»Klar«, sagte Charlotte, obwohl dem nicht so war: Sicher, die Royals waren eigentlich alle deutsch, und alle taten, als wären sie's nicht – einschließlich der Royals selbst, die taten am meisten so.

»Früher war's so, dass nur die männlichen Nachkommen des Königs, also des Throninhabers – konnte ja auch eine Frau sein – Anspruch auf die Thronfolge hatten.«

»Aha?«

»Aber natürlich nur eheliche.«

»Verstehe.«

»Außer diejenigen, deren Eltern erst später geheiratet hatten.«

»Später?«

»Nach der Geburt des Kindes.«

»Natürlich.«

»Und katholisch durften sie nicht sein.«

»Die Eltern? Oder die Kinder?«

»Alle. Also: die Thronprätendenten. Sonst wurde es nichts mit dem Thron, das ist ja klar.«

»Hm. Aber in Schottland sind doch die meisten Bürger katholisch, oder?«

»In Schottland!« Harold kriegte sich kaum ein. »Was hat das denn damit zu tun?«

»Ich dachte… Erklären Sie lieber weiter«, schlug Charlotte vor, die das Gefühl hatte, dass der gute Mann zwar tatsächlich Bescheid wusste, dass sich ihr aber der Kern des Ganzen noch nicht erschlossen hatte. Nicht wirklich.

»Geändert hat sich das mit der letzten Reform, das muss zweitausendzehn gewesen sein.«

»Zweitausendelf, Harold«, warf Rowena ein. »Das Perth Agreement.«

»Stimmt. Zweielf. Seitdem ist es anders.«
»Sie müssen nicht mehr katholisch sein?«
»Anglikanisch!«
»Sie müssen nicht mehr anglikanisch sein?«
»Doch! Natürlich! Absolut! Aber sie müssen nicht mehr männlich sein.«
»Die Anglikaner.«
»Die Thronprätendenten.« Harold sah Charlotte an, als hätte sie versehentlich zu lange in Whisky gebadet. »Die Thronfolge ist jetzt gemischt, wenn es männliche und weibliche Nachkommen gibt.«
»Legitime.«
»Richtig.« Er nickte zufrieden. Die junge Frau schien doch nicht ganz auf den Kopf gefallen zu sein. »Die Söhne überholen jetzt sozusagen die Töchter nicht mehr.«
»Und das führt genau wozu?«
»Dazu, dass alle Kinder des Throninhabers in der Reihenfolge ihrer Geburt ein Recht auf den Thron haben, und zwar vor den Geschwistern.«
»Entschuldigung, vor welchen Geschwistern jetzt?«
»Na, des Throninhabers natürlich«, stellte Harold fest.

An diesem Abend verzichtete Charlotte darauf, ins Rigg's Inn zu gehen. Stattdessen machte sie es sich in ihrem Zimmer gemütlich und ließ sich ein Sandwich nach Art des Hauses und eine Kräuterlimonade von Kiharu bringen. Nicht nötig zu erwähnen, dass das Sandwich ein Gedicht war (übrigens eines mit Krabben, frischem Thymian und hausgemachter Mayonnaise) und die Limonade in einer Kristallkaraffe serviert wurde, wie man sie sonst vermutlich nur in königlichen Haushalten fand.

Sie wollte noch ein wenig an ihrem *Betty auf dem Jahrmarkt*-Auftrag arbeiten, überlegen, wie etwas richtig Rundes daraus wurde, ob sie womöglich die ein oder andere Figur noch einmal anders anlegen sollte, wie sie in den Bildern mehr Tiefe erzeugen konnte, vor allem: Wie sie es schaffte, dem Ganzen mehr Fröhlichkeit zu verleihen. Denn das war es, was für Charlotte ein gutes Kinderbuch auszeichnete – dass es gute Laune machte oder zumindest (wenn das Thema ernst war) eine positive Grundnote übermittelte, die besagte: Eigentlich ist die Welt doch wunderschön! Sie selbst hatte solche Bücher als Kind geliebt, und sie liebte es, Kindern die Botschaft einer vielleicht nicht immer heilen, aber doch immer auch irgendwie schönen Welt zu vermitteln. War es nicht das, was sie letztlich dazu gebracht hatte, Illustratorin zu werden?

Zwei Stunden später – die Limonade war längst ausgetrunken; übrigens auch die zweite Karaffe – stellte Charlotte fest, dass der Riesenradbetreiber eindeutig die Züge von Harold hatte, dass aus der Luftballonverkäuferin unversehens Rowena geworden war. Etwas seltsam schien ihr, dass die Figuren aus der Geisterbahn beinahe ein wenig wie die Royal Family aussahen. Aber am meisten erstaunte sie, dass alles, was sie gezeichnet hatte, ganz und gar nichts mehr mit der Story von *Betty auf dem Jahrmarkt* zu tun hatte, sondern eine völlig andere Geschichte zu ergeben schien: Auf der Suche nach der Illustration einer fremden Erzählung hatte sie eine eigene gefunden! Randolph und Ludmilla Soars würden alles andere als begeistert sein. »Not amused«, wie man in höheren Kreisen zu sagen pflegte.

Aber Charlotte war begeistert! Und so entstand in der Nacht auf den zweiten Weihnachtstag in einem kleinen Hotel weit droben im Norden Schottlands, wo die Nächte vor allem im Winter lang und kalt und einsam sind, eine zauberhafte bunte Kinderrummelwelt, in der es von skurrilen Gestalten nur so wimmelte, in der die Geister aus der Geisterbahn endlich auch mal Karussell fahren wollten, der Riesenradbetreiber der verzweifelten Luftballonverkäuferin half, mittels seines Riesenrads (und vierfacher Geschwindigkeit) die entflogenen Luftballons wieder einzufangen, die Gäste sämtlich vom Rummel flüchteten, als sie die Geisterbahngeister entdeckten. Nur ein kleines Mädchen hatte keine Angst vor ihnen (und schloss mit einem von ihnen, dem »Schrecklichen Iwan«, sogar Freundschaft). Die Polizei verlief sich im Irrgarten, und die Monster halfen ihr wieder heraus, es gab gratis Lollis für alle und zu guter Letzt wurde aus Versehen das Feuerwerk schon am Ende des ersten Tags gezündet (von Dino, dem Hund, der sowieso immerzu für jede Menge Unsinn sorgte). Und: Der Jahrmarkt fand mitten im Park eines Anwesens statt, das vornehm und heiter erleuchtet hinter allem aufragte und nicht zufällig aussah wie das 24 CS, schließlich war es bekrönt von einem bunten Schild mit der Aufschrift: »Das kleine Grandhotel«.

Solchermaßen wild und lustvoll noch den verrücktesten Einfällen folgend, verbrachte Charlotte Stunde um Stunde am Schreibtisch ihrer Weihnachtssuite im

24 Charming Street und fiel erst ins Bett, als sie kaum noch die Augen offen halten konnte. Dieses Buch, das wusste sie, würde sie ihrem verstorbenen Vater widmen. Aber schenken wollte sie es jemand anderem. Denn vielleicht übertrug sich ja ein klein wenig vom Zauber, der sie selbst beim Zeichnen mitgerissen hatte, auf die betreffende Person. Sie hoffte es.

Familiengeheimnisse

Es war der Morgen des 26. Dezember, als Charlotte mit dem erhebenden Gefühl erwachte, alle Hektik, jeglicher Druck und jeder Stress seien von ihr abgefallen. Es war so leise im Hotel, als wäre die Welt stehen geblieben. Über Nacht hatte es wieder zu schneien begonnen. Und als Charlotte aus dem Fenster blickte, flatterten ein paar Möwen im weißen Himmel über weißen Hügeln und einer See, in die weiße Schaumkrönchen ein Muster malten, wie für Instagram hingetupft.

Die goldene Uhr auf dem Kamin schlug leise: zehn! Charlotte schüttelte verwundert den Kopf. Sie hatte so gut geschlafen wie schon sehr lange nicht mehr. Sie fühlte sich so erholt und gestärkt, dass sie unvermittelt Lust bekam, noch vor dem Frühstück einen Spaziergang zu unternehmen. Sie wollte raus, wollte an die frische Luft, wollte sich bewegen! Ja, sie wollte mit allen Fasern das Leben spüren. Es kam ihr vor, als würde jede Zelle ihres Körpers an diesem kalten Wintermorgen lachen. Gleichzeitig hatte sie Lust zu arbeiten, ihren Zeichenblock zu nehmen, einige fröhliche Skizzen hinzuwerfen, ein paar lustige Szenen zu tuschen, eine ganze Welt in wenigen Pinselstrichen zu entwerfen – oder auch in vielen …

Da man nicht alles gleichzeitig tun kann, begann sie

ihr Tagwerk erst einmal mit einer ausgiebigen Dusche. Dann suchte sie sich ihre wärmsten Sachen heraus und stieg zuletzt in die geheimnisvollen Stiefel, die so perfekt passten, als hätte Santa Claus nächtens höchstselbst mit dem Zollstock heimlich Maß genommen, während sie ahnungslos schlummerte. Zumal: Das Schuhwerk war so warm, dass sie schleunigst nach draußen musste, wenn sie nicht riskieren wollte, darin gegart zu werden.

Der Wind war eisig, doch langsam gewöhnte Charlotte sich daran, dass es nun einmal auf den schottischen Inseln nicht allzu gemütlich zuging. In einiger Entfernung entdeckte sie wieder den geheimnisvollen Wanderer, den sie schon von ihrem Zimmer aus gelegentlich beobachtet hatte. Er schien Richtung Staffin gehen zu wollen. Doch dann bog er unvermittelt auf einen für Charlotte unsichtbaren Pfad ab und stieg ein Stück weit den Berg hoch, der jenseits der Straße lag. Neugierig geworden, folgte sie ihm, musste allerdings schnell feststellen, dass es nicht leicht war, sein Tempo zu halten. Überhaupt: Er hatte von ferne so ruhig und melancholisch gewirkt. Nun, da sie ihm hinterherstieg, erfuhr sie, dass er wohl eher sportlich und ausdauernd war. Sie wollte gerade ihren Plan aufgeben, ihm zu folgen, da blieb er stehen und wandte sich um. Mit der Anwesenheit einer weiteren Person schien er nicht gerechnet zu haben.

»Charlotte?«

»Oh! Sie sind das!«, keuchte Charlotte und fand kaum den Atem, noch ein weiteres Wort zu sagen. »Was … was machen Sie denn hier?«

»Das ist mein täglicher Spaziergang«, erklärte Paul. »Wenn ich meinen Gedanken nachhängen möchte, gehe

162

ich ein wenig nach draußen. Das hier ist mein Lieblingsplatz.«

»Hier oben? Im Winter?«

»Es ist eine der schönsten Stellen der Insel.« Er breitete die Arme aus. »Drehen Sie sich doch mal um! Die Klippen rechts sehen aus wie eine geheime Versammlung verwunschener Feen. Die See ist nach Osten hin immer etwas grüner als nach Westen, weil es hier unter Wasser eine Untiefe gibt. Deshalb liegen an diesem Punkt auch mehr Wracks vor der Küste als an jedem anderen Ort. Und in langen Sommernächten kann man die armen Seemänner noch ihre Shantys singen hören. Natürlich nur, wenn der Wind von Nordost weht.«

Fasziniert lauschte Charlotte diesem so voller Überraschungen steckenden Mann. Ja, wirklich: Vor ihnen breitete sich die Bucht mit ihren schroffen Felsen zu beiden Seiten aus, die Landzungen schoben sich ins Meer, über der westlichen hingen einige Nebel und tauchten das Bild in eine romantische Unschärfe. Aber die Zweifarbigkeit der Bucht konnte Charlotte deutlich erkennen, schillernd und mysteriös und aufregend.

»Es ist wirklich wunderschön«, stellte sie fest.

Sie staunte, wie feinsinnig so ein Mann von den schottischen Inseln war, der doch all dies sein Leben lang gesehen hatte. Wäre Leach nur halb so sensibel gewesen, wären sie nicht getrennt. Nun gut: Genau genommen wären sie gar nicht erst zusammengekommen, weil er dann nämlich nicht seine Frau betrogen hätte, dieser elende Schuft.

»Das aber fühlen Sie gerade gar nicht«, bemerkte Paul.

»Bitte? Oh, Entschuldigung. Ich war mit den Gedanken gerade ganz woanders gewesen.«

»Verstehe.« Und so, wie er es sagte, klang es beinahe, als könnte er es tatsächlich verstehen, obwohl er doch keine Ahnung hatte, was gerade in ihr vorgegangen war.

»Die Mauern dort drüben waren mal ein Kloster«, erklärte Paul. Es mussten harte Zeiten gewesen sein, gerade in den dunklen, kalten Monaten. »Ich stelle mir vor, wie die Mönche damals sehnsüchtig auf den Sommer gewartet, wie sie gefroren haben. Zu essen gab's vermutlich auch nicht allzu viel.«

»Das ist anzunehmen«, stimmte Charlotte zu, die nun auch erkannte, dass es Mauerreste in einiger Entfernung gab, sogar etwas, das einst ein Fenster gewesen musste. »Was ist geschehen?«

Paul zuckte mit den Schultern. »Die Zeit? Die Engländer? Die Einsamkeit? Es gibt immer irgendetwas, wovor die Menschen flüchten.«

Charlotte spürte, wie sie ein wenig erschauderte. Nicht wegen der Mönche, die hier vor Jahrhunderten ihr Kloster geräumt hatten und im Dunkel der Geschichte verschwunden waren. Vielmehr ihrer selbst wegen! Denn was dieser sympathische Insulaner da so lapidar aussprach, beschrieb leider ziemlich genau ihren eigenen Zustand: Die Zeit, die Engländer, die Einsamkeit – vor all diesen Dingen (und vermutlich etlichen mehr) war auch sie letztlich geflüchtet. Allerdings anders als die Geistlichen nicht von hier fort, sondern hier hin.

»Und? Flüchten Sie nachher wieder zu den Flodigarry Boatsmen?«, hörte Charlotte sich sagen. Paul lächelte. »Wenn ich Sie dort treffen würde...«

Charlotte betrat das Hotel, als Nick gerade mit dem legendären Vauxhall Light Six vorfuhr, um abreisende Gäste zum Bahnhof zu bringen. Er tippte sich an die Kappe, als er sie sah, und grinste. Es schien eine ganz bestimmte Art von Grinsen zu geben, wie sie nur die Insulaner beherrschten. Charlotte lächelte zurück und trat ein in die sanfte, ruhige, liebenswerte Welt des 24 Charming Street.

An Richards Rezeption stand ein Ehepaar, das sie gelegentlich im Speisesaal gesehen hatte, um sich zu verabschieden – es waren die beiden, die sich immer mit den liebenswürdigsten Worten gezankt hatten. Richard nahm von dem Mann ein in Leder gebundenes Buch entgegen und legte es behutsam auf die Theke, dann kam er dahinter hervor und verbeugte sich vor der Dame, deutete einen Handkuss an und schmeichelte ihr offenbar mit einigen galanten Worten (auch wenn Charlotte aus der Entfernung nicht hören konnte, was er sagte, so erkannte sie doch, wie entzückt die Dame war). Danach reichte er dem Herrn die Hand, verbeugte sich etwas weniger, fand auch für ihn ein paar freundliche Abschiedsworte. Und Charlotte war sich sicher, nicht nur er wünschte ihnen, dass sie schon bald wieder zu Gast im 24 CS sein mochten – sie selbst wünschten es sich vor allem.

Neugierig trat Charlotte an die Theke, nachdem das Ehepaar in den Vauxhall eingestiegen war, und warf einen Blick auf das edle Buch, das sicher ein paar hundert Seiten stark war.

»Ach«, entfuhr es ihr.

»Was kann ich für Sie tun, Ma'am?«, fragte der Portier, der sich wieder an seinen Platz begeben hatte und nun in größtmöglicher Liebenswürdigkeit auf Charlotte blickte.

»Sie haben ein Gästebuch?«

»Gewiss, Ma'am. Es ist unser ganzer Stolz!«

»Und wer darf hineinschreiben?«

»Die Gäste, Ma'am?«, schlug der Portier vor. »So verstehen wir jedenfalls das Konzept eines Gästebuchs.«

»Aber nur die besonders berühmten, nehme ich an«, gab Charlotte zu bedenken.

»Das wäre ganz sicher nicht die Art unseres Hauses. Es soll sich doch jede und jeder hier ganz und gar willkommen fühlen. Außerdem, wenn Sie mir die Bemerkung erlauben, woher sollten wir überhaupt wissen, wer zu den Berühmtheiten zählt, die hier übernachtet haben. Sie kennen vielleicht Mstislav Rostropovich?«

»Den Cellisten?«

»Er war noch ein völlig unbekannter Musiker, als er auf seiner ersten Schottlandreise hier eine Nacht verbrachte.«

»Verstehe.«

»Oder Josephine Baker...«

»Die Tänzerin?«, unterbrach Charlotte.

»Gewiss. Sie machte in unserem Haus Station auf ihrer Reise von New York nach Paris. Und ich kann Ihnen sagen...«

Konnte er natürlich nicht, weshalb er es auch nicht tat. Aber Charlottes Fantasie galoppierte trotzdem los. »Manche waren auch in ihrer Zeit berühmt und sind längst vergessen. Fleur Latour zum Beispiel.«

»Fleur Latour? Ich habe nie von ihr gehört.«

»Oh, sie war einmal eine ganz wundervolle...« Richard zögerte einen Augenblick. »Eine Chansonnière. Französin. Man hat sie mit der Piaf verglichen. Aber dann...«

166

Was immer mit ihr geschehen sein mochte, er ließ es in der Schwebe.

»Es müssen im Lauf der langen Geschichte dieses Hauses unglaublich viele außergewöhnliche Persönlichkeiten in dieses Gästebuch geschrieben haben.«

Richard nickte: »In dieses und in die achtundvierzig Bände, die ihm vorangehen.«

»Ich bin wirklich sehr beeindruckt, Richard. Dann darf also zum Beispiel auch ich bei meiner Abreise ein paar Worte darin verewigen?«

»Es wäre uns eine große Ehre, Ma'am.«

»Und wer darf das dann lesen?«

»Selbstverständlich nur die Gäste des Hauses.«

»Aber die dürfen es alle lesen?« Und auf ein weiteres Nicken des Portiers hin: »Alles?«

»So viel sie lesen möchten. Natürlich.«

»Richard...«

»Ja, Ma'am?«

»Wäre es sehr unangemessen, wenn ich Sie bäte, mal ein wenig in den alten Gästebüchern lesen zu dürfen?«

»Aber Ma'am!«, rief Richard und hob die Hände. »Ich bitte Sie! Unter keinen Umständen...« Charlottes Mut sank bereits, als sie ihn den Satz vollenden hörte: »...stünde es mir zu, zu beurteilen, ob etwas, das Sie tun, *angemessen* wäre. Oder gar *unangemessen*.« Er räusperte sich, offenbar etwas indigniert von seinem eigenen Ausbruch. »Ungewöhnlich vielleicht, wenn ich das bemerken darf. Aber das Ungewöhnliche ist ja schließlich auch ein Teil unserer Seele hier im 24 CS, nicht wahr?«

»Sehr wahr, Richard, sehr wahr«, beeilte sich Charlotte zu bestätigen.

Minuten später saß sie in einer kleinen Bibliothek, die früher einmal zur Lobby gehört hatte und nun für besondere Veranstaltungen diente, etwa wenn der Premierminister unvorhergesehen sein Kabinett einberufen musste oder wenn Miss Lilian unbemerkt ein Gedicht für ihre Mutter einstudieren wollte.

Manches war unleserlich, manches war banal. Manches war rührend (wie der Eintrag eines alten Herrn, der im 24 Charming Street unverhofft seine Jugendliebe aus Tipperary wiedergefunden hatte), manches komisch. Picasso etwa hatte eine Zeichnung hinterlassen, die eine Frau aus buchstäblich jeder Perspektive gleichzeitig zeigte, die einem Pagen den Hintern versohlte; und diese Frau…

»Sie kommen zurecht, Ma'am?«

»Bestens, Richard, vielen Dank. Das ist ja so unglaublich interessant! Sagen Sie…« Sie zeigte auf den Picasso und fragte sich unwillkürlich, was ein solches Original wohl in einer Galerie bringen mochte: »Das ist nicht zufällig die Person, nach der es aussieht?«

Richard konnte ein mokantes Lächeln nicht unterdrücken. »Ohne zu wissen, wen Sie damit meinen, Ma'am, würde ich sagen: Doch, ich denke schon.«

Unfassbar, dachte Charlotte, während sie Richard nachblickte, der sich wieder zurückzog. Was für ein Leben! Was für eine Welt! Die Frage war, ob sie auch diesen ganz bestimmten Eintrag finden würde, ja, ob es überhaupt einen solchen gab. Denn wenn sie wirklich nie abgereist wäre, wie hätte sich dann… Andererseits war das die Legende. Niemand wusste doch, ob es sich wirklich so verhielt. Richard wusste es vielleicht, aber der würde es nicht verraten, weil er so diskret war. Obwohl: Diese Bemerkung eben, die war fast nicht mehr im Rahmen des Diskreten gewesen. Aufgeregt blätterte Charlotte weiter.

Sie fand Charlie Chaplin, der einen kleinen Hut neben seine Unterschrift gezeichnet hatte und einen krummen Gehstock. Sie fand Agatha Christie. Sie fand Eduard VII. und Margrethe II. Elvis war hier gewesen, Mao (Mao? Nun, gut leserlich war dieser Eintrag ohnehin nicht), die Dietrich, die Garbo und Madonna. Aber auch jede Menge Menschen, von denen Charlotte noch nie gehört hatte. Viele von ihnen trugen – aber das war wohl in einem Luxushotel des Vereinigten Königreichs nichts Untypisches – Titel und Zahlen im Namen. Andere unterzeichneten mit »Pete« oder »Kim«, was alles bedeuten konnte oder nichts – außer, dass es diesen Menschen hier unendlich gut gefallen hatte. Denn jeder Eintrag war eine Eloge.

Plötzlich fiel Charlotte etwas ein. Sie blätterte auf den 24. Dezember vor. Nur eine einzige Abreise: »Kiss! Twiggy« (es war der Band von 1966) beziehungsweise nur ein Eintrag. Nachvollziehbar. Man reiste nicht an Christmas Eve ab, wenn man in diesem Hotel war. Ein Eintrag am 27. Dezember 1952 – sieben Bände weiter zurück – berührte sie besonders:

Ich wollte abreisen. Aber ich habe es
nicht über mich gebracht.
Dies ist der Ort, an dem ich leben will.
Ein Königreich für das 24 CS!
Anne Louise Emily Harriett of Penwick

Ein Königreich für das 24 CS, ja, wer würde das nicht geben wollen! 1952. Jahrzehnte vor ihrer Geburt. Dieser Eintrag war nicht einfach irgendein Eintrag aus fernsten Zeiten, er stach unter all den Einträgen auch in einer eigentümlichen, nicht genau zu beschreibenden Art heraus – nicht nur wegen des geradezu druckreifen Schriftbilds. Wie alt mochte die Schreiberin damals gewesen sein? Wie alt mochte sie heute sein? Richard würde diesbezüglich nicht weiterhelfen. Aber das *Debrett's* würde ihr weiterhelfen, genauer gesagt: *Debrett's Peerage and Baronetage*, die Bibel unter den Adelshandbüchern.

Kurz darauf bestellte sich Charlotte das besagte Buch aufs Zimmer. Daran, dass man in einem Haus vom Range des 24 Charming Street das *Debrett's* zur Hand hatte, bestand so wenig Zweifel wie daran, dass es hier ein Exemplar der Heiligen Schrift gab, der *Encyclopædia Britannica* oder des örtlichen Telefonbuchs. Und *Debrett's* lieferte. Allerdings auf eine Weise, die sie sich so nicht vorgestellt hatte. Denn die Dame mit dem feinen Namen gehörte nicht einfach der Aristokratie an, sondern sie nahm im kleinen Kreis des Hochadels eine überaus exponierte Stellung ein. Um ein Haar wäre sie die Herrscherin über das Vereinigte Königreich geworden! Hätten nicht das unerwartete Ableben des vorangegangenen Königs und die Gesetzeslage zugunsten männlicher Nachkommen eine Person auf den Thron gebracht, mit der eigentlich niemand gerechnet hatte, säße heute niemand anderes auf besagtem Möbelstück als …

Charlotte rieb sich mit beiden Händen übers Gesicht und atmete tief durch. Sie konnte es kaum glauben. »Ein Königreich für das 24 CS«, dachte sie. Was für eine unglaubliche Geschichte!

Wenn man das 24 Charming Street mit Windsor Castle vergleicht oder auch mit dem Buckingham Palace, dann fällt es nicht schwer, sich für das kleinere, feine Haus im Norden Schottlands zu entscheiden. Nicht nur sind die Möbel bequemer und die Umgangsformen etwas entspannter, auch der Blick ist besser, die Küche und vor allem die Hausbar. Dort nun war Charlotte am Abend mit Paul verabredet, und es war keine Übertreibung zu behaupten, sie hätte sich nicht in einer Laune gehobener Vorfreude befunden.

»Sagen Sie, Kiharu«, fragte sie die Barfrau mit gesenkter Stimme. »Wenn Sie einen Freund auf einen Cocktail einladen würden, was wäre Ihre Wahl…«

»Heute Abend?«

»Ähm, ja?«

»Einen Schotten, nehme ich an?«

Natürlich. Die Barfrau hatte Charlotte sofort durchblickt. »Ein Drink muss immer zur Stimmung passen. Zum Anlass. Zur Musik. Zur Beziehung der Menschen, die ihn nehmen…« Ein Lächeln. An wen sie wohl dachte?

»Sagen wir, Sie möchten jemandem signalisieren, dass… nun dass…«

»Dann sollten es jedenfalls schon einmal identische

Drinks sein«, erklärte Kiharu. »Und keine komplizierten. Sondern elegante, weiche, prickelnde.«

»Von denen Sie sicher eine ganze Reihe im Angebot haben?«

»Aber sicher, Miss Williams! In meiner Zeit in Seoul habe ich praktisch nichts anderes studiert.« Unvermittelt schien die so zierliche und doch so zupackende Frau in eine vage Vergangenheit zu schauen, die Charlotte verborgen blieb. »Schon aus ganz eigennützigen Gründen.«

Charlotte beugte sich vor. »Und hat es gewirkt?«

Die Barfrau schien aus ihren Betrachtungen zu erwachen. »Gewirkt?« Sie seufzte. »Nicht wirklich. Leider. Was nicht da ist, kann auch der beste Drink nicht herzaubern.« Mit einem Achselzucken erklärte sie: »Zumindest hat er mir die Augen geöffnet. Man sagt ja, im Wein liegt die Wahrheit. Dieser Spruch ist nicht ganz falsch. Und eines weiß ich sicher: Er gilt auch für Cocktails. Aber seien Sie unbesorgt, Miss Williams, in Ihrem Fall wird die Sache anders ausgehen.«

Kiharu zwinkerte ihr diskret zu – und Charlotte zwinkerte dankbar zurück. Die Barkeeperin war wirklich eine erstaunliche Person.

»Sonst noch etwas, das ich für Sie tun kann, Ma'am?«

»Nein, Kiharu«, entgegnete Charlotte. »Vielen Dank. Ich freue mich auf später.« Was der Wahrheit entsprach. Doch genau genommen freute die junge Londonerin sich auch auf das bevorstehende Abendessen. Im Grunde bestand dieser Aufenthalt aus einer immerwährenden Abfolge von Freude und Vorfreude. So schien es zumindest. Und als Nächstes stand an, sich im Restaurant verwöhnen zu lassen.

»Guten Abend, David! Eine schöne Uniform.«

»Danke, Miss Williams! Darf ich Sie zu Ihrem Platz begleiten?«

»Gerne, David. Aber würden Sie mir vorher noch etwas verraten?«

»Wenn ich helfen kann, gerne, Ma'am.«

Ja, so waren sie hier: sich immer ein Hintertürchen öffnen, um nie in Verlegenheit zu kommen. Charlotte nickte ihm anerkennend zu und schenkte ihm ein verschwörerisches Lächeln.

»Ich wurde dieser Tage eingeladen. Zum Abendessen.«

»Ja, Ma'am?«

»Von einem Gast des Hauses.«

»Ja, Ma'am.«

»Wenn ich nun gerne eine Gegeneinladung aussprechen möchte ...«

»Dann wird sie leider ablehnen, Ma'am. Fürchte ich. Die betreffende Person hat noch nie eine Einladung eines anderen Gastes angenommen.«

»Ähm, Sie sagen: die betreffende Person ...«

»Ja, Ma'am.«

»Sind Sie sicher, dass wir *dieselbe* Person meinen?«

»Absolut sicher, Ma'am.«

»Aha. Nämlich *welche* Person, David?«

»Die *betreffende* Person, Ma'am.«

Wenn es eines Beweises bedurft hätte, dieser wäre es für Charlotte gewesen. Man sprach den Namen nicht einmal aus. Denn ohne Titel wäre das in einem Haus dieses Ranges untragbar gewesen. Aber *mit* Titel durfte ihn niemand benutzen.

»Ich wäre Ihnen dennoch dankbar, wenn Sie *Mrs Penwick* meinen Wunsch einer Gegeneinladung übermittelten, David.«

»Gewiss, Ma'am.«

Sie hätte es auch selbst sagen können. Sie hätte einfach zu ihrem Tisch gehen und sie einladen können. Wenn sie es denn gekonnt hätte. Aber sie konnte es nicht. Denn es wäre schlicht unmöglich gewesen. Manche Dinge *tat* man nicht, selbst wenn man sie – rein theoretisch – tun konnte. In der Öffentlichkeit in der Nase zu bohren, sich in Verkehrsmitteln auf einen Platz für Menschen mit Behinderung zu setzen oder die Queen zum gemeinsamen Nacktbaden einzuladen. Das hier wäre so ähnlich gewesen. Nur schlimmer.

Also setzte Charlotte sich auf ihren Platz und ließ sich von David die Karten reichen, wartete kurz, gab dann bei einer Bedienung, deren Namensschild sie als Nastasia auswies, ihre Bestellung auf (einen Whisky Soda als Aperitif, die geeiste Scholle auf Zitronengras, dazu den deutschen Riesling, danach das Winter-Ratatouille auf schottischen Karotten-Carrés, was immer das meinte, mit einem leichten Franzosen) und lächelte dem Pianisten zu, der wie an den Abenden zuvor mit seinen sanften Tönen und rhythmischen Klängen die Luft von jedem Hauch schlechter Laune oder hartnäckiger Schwermut reinigte.

Mrs Penwick saß wie immer schräg gegenüber und hob mit leichtem Zittern das Glas in Charlottes Richtung, als sie bemerkte, dass die junge Frau aus London sie musterte. Sie sah angegriffen aus, der Husten schien ihr zu schaffen zu machen. Und natürlich das Alter.

Charlotte grüßte zurück, nippte an ihrem Whisky und ließ den Blick schweifen.

Das schwedische Ehepaar war noch da, das beruhigte Charlotte, und die Ehefrau sah heute weniger traurig aus als sonst, das beruhigte sie noch mehr. Miss Lilian war schon eine Weile nicht mehr aufgetaucht, aber das konnte sich bekanntlich minütlich ändern.

Und es änderte sich auch. Charlotte hatte das Amuse-Gueule noch nicht probiert (Seeschnecken in Champagnerschaum auf einem Stück Bauernbrot aus einer Bäckerei in den Cuillin Hills: köstlich!), da stand sie schon neben ihr.

»Du bekommst noch eine Revanche«, sagte sie.

»Bitte?«

»Im Scrabble. Ich habe gewonnen. Du hast noch eine Revanche gut.«

»Sehr großzügig, dass du mich daran erinnerst«, sagte Charlotte, die wusste, dass dem Mädchen vor allem langweilig war. »Nach dem Essen in der Lobby? Ich habe aber nicht viel Zeit, weil ich noch Besuch bekomme.«

»Gut. Ich gebe Mr Richmond Bescheid.«

»Mr Richmond?«

»Dem Klavierspieler.«

»Aha, gute Idee.« Falls der Pianist sich tatsächlich von dem Kind sagen ließ, wann er wo zu spielen hatte, wäre es jedenfalls eine schöne Bereicherung der Scrabble-Partie.

Mrs Penwick nickte an ihrem Platz, ein wissendes Lächeln umspielte ihre Mundwinkel. Und Charlotte fragte sich, ob es sein konnte, dass alles, was gerade in ihrem Leben geschah, womöglich von dieser geheimnisvollen zierlichen Dame geplant war – warum und auf welch subtile Weise auch immer.

Die Revanche war keine. Charlotte hatte keine Chance. Waren sie beim letzten Mal einigermaßen gleichauf gewesen, so fegte Miss Lilian ihre Gegnerin diesmal förmlich vom Brett, während im Hintergrund Mr Richmond mal eine Gymnopédie von Satie spielte, mal »Walk The Dog« von Gershwin. Der Mann hatte ein schier unerschöpfliches Repertoire moderner Klassiker. Weshalb war er nicht längst weltberühmt? Nun, zumindest auf Skye war er es zweifellos. Mit Wörtern wie »Typologie«, »Zauberlehrling« oder »Xylophon« sammelte Miss Lilian Punkt um Punkt um Punkt, während Charlotte gerade mal eine »Amme«, eine »Banane« und stolz eine »Hexe« zustande brachte. Auf ihren »Peer« legte Miss Lilian eine »Baronet«, auf ihren »Sir« eine »Duchesse«. Eine Herzogin, dachte Charlotte. Es könnte die Herzogin von Stirling sein. Anne Louise Emily Harriett of Penwick!

»Charlotte?«

»Oh. Entschuldigung. Ich war in Gedanken.«

»Das habe ich gemerkt. Außerdem haben Sie auf die Musik gelauscht, stimmt's?«

»Stimmt«, gab Charlotte beschämt zu.

Das Mädchen beugte sich zu ihr herüber: »Manchmal spielt er für die Principessa ganz allein.«

»Ist ja möglich, wenn sonst niemand hier ist…«, gab Charlotte zu bedenken.

»Nein, ich meine auf ihrem Zimmer.«

»Ich wusste nicht, dass er Privatkonzerte gibt.«

»Aber wo sie doch ein Paar sind ...«

»Ein Paar? Die Principessa und der Pianist?«

»Klar! Das wussten Sie *auch* nicht?« Und es klang, als wäre es unfassbar, was die Frau aus London alles nicht wusste.

»Na ja«, gab Charlotte zu bedenken. »Nur weil er manchmal exklusiv für sie spielt, müssen sie noch kein Paar sein. Obwohl ich finde, dass sie wunderbar zueinander passen würden.«

»Aber es gibt ein Foto«, beharrte Miss Lilian. »Ich kann es Ihnen zeigen.«

»Von den beiden?«

Das Mädchen nickte eifrig. »Ein Hochzeitsbild! Kommen Sie, ich zeige es Ihnen!« Und schon lief es los.

Es wäre natürlich unsagbar unhöflich gewesen, ihrer Aufforderung nicht nachzukommen, weshalb (und nicht etwa aus Gründen der Neugier) Charlotte Miss Lilian rasch folgte und sich unvermittelt wieder in der Bibliothek fand, in der sie vorhin noch die Gästebücher studiert hatte, allerdings in einem Teil des Raumes, den sie nicht beachtet hatte: Neben dem Kamin hingen einige Fotografien aus längst vergangenen Tagen. Auf einer davon war unverkennbar der jugendliche Richard abgebildet. Damals noch in Pagenuniform, aber bereits mit derselben Eleganz, die ihm heute noch zu eigen war. Ein Bild des Duke of Edinburgh mit mehreren Hunden, die vermutlich alle im Hotel zu Gast gewesen waren? Eine Aufnahme von Laurence Olivier mit Frack und Zylinder. Und dann, in einem ovalen Rahmen aus poliertem Holz, eine Fotografie, die wohl einst koloriert gewesen war, aber längst in milde Sepiatöne gewechselt hatte, aus der dem Betrachter – oder der Betrachterin – ein junges Paar entgegensah: stolz und schön, sie mit romantisch verklärtem Blick, er mit der Demut dessen, der sich am Ziel all seiner Wünsche fand.

»Mrs Penwick«, flüsterte Charlotte.

»Genau. Und Mr Richmond.«

»Es ist ein Hochzeitsfoto.«

»Sag ich doch. Man kann sogar den Priester sehen. Wenn man genau hinguckt.«

Tatsächlich war im Hintergrund ein Talar zu erkennen, ein katholischer, wie es schien.

»Unglaublich«, meinte Charlotte.

Und noch etwas war zu erkennen: ein sich deutlich unter dem Kleid wölbender Bauch. Harriett war schwanger gewesen. Doch im Debrett's hatte es keinen Eintrag über Nachkommen gegeben!

»Können wir jetzt weiterspielen?«

»Sicher.« Sie gingen zurück zu ihrem Scrabble-Brett. Doch Charlotte war nun erst recht nicht bei der Sache. Eigentlich gar nicht. Vielmehr musste sie immerzu …

»Ich habe *katholisch* gelegt.«

»Bitte?«

»Sie tun es schon wieder.«

Charlotte schlug die Augen nieder. »Stimmt. Es tut mir leid.«

»Ich habe *katholisch* gelegt«, wiederholte Miss Lilian und deutete auf die Buchstabenreihe.

Katholisch. Charlotte starrte auf das Wort, starrte auf das Kind, schüttelte den Kopf und erklärte: »Ich habe verloren.«

»Aber wir sind doch noch gar nicht fertig!«

»Ich gebe auf, Lilian. Du bist zu stark für mich.« Sie blickte zur Uhr. »Außerdem erwarte ich jeden Augenblick meine Verabredung.«

»Hm.« Vielleicht war dieses Ende des Spiels eine Enttäuschung für Miss Lilian, doch die Kleine ließ es sich jedenfalls nicht anmerken. Vielmehr streckte sie Charlotte die Hand entgegen und nahm ihren Sieg sportlich. »Okay. Dann gute Nacht.«

»Gute Nacht, Miss Lilian.«

Es war eine Nacht der Nachforschungen und Überlegungen. Eine Nacht, in der Charlottes Vorstellung von Staat und Monarchie in ihren Grundfesten erschüttert wurde.

Whisky mit der Queen – beinahe...

Charlotte verbrachte den halben Vormittag damit, einen Stift in der Hand zu halten und nicht zu zeichnen. Die andere Hälfte nahm sie sich ein Buch vor, in dem sie zwar Zeile für Zeile mit ihrem Blick entlangwanderte, ohne aber ein Wort zu begreifen. Sie war mit den Gedanken einfach allzu hin- und hergerissen: Hin zu Paul, der sie am Vorabend so erwartungsvoll angesehen hatte und der erkennbar irritiert gewesen war ob ihrer Zerstreutheit – und leider immer wieder auch her zu den Geschehnissen in diesem Hotel (dem Grund für diese Zerstreutheit) sowie zu den außergewöhnlichen Gästen bis hin zum Premierminister, die wie durch göttliche Fügung an diesem Ort zur Hand waren, während man ihrer doch sonst niemals habhaft wurde, wenn man sie mal brauchte. Sie blickte auf die Uhr. Noch war genügend Zeit, um die Dinge wenigstens ins Rollen zu bringen. Sie raffte sich auf und ging zur Rezeption.

»Richard!«

»Einen schönen guten Tag, Ma'am! Hatten Sie eine ruhige Nacht?«

Es dürfte im Leben des Portiers nicht sehr häufig vorgekommen sein, dass ihm jemand auf diese Frage mit »Kein bisschen!« zu antworten beliebte. Charlotte tat es.

»Wie das?«, fragte der elegante ältere Herr schockiert.

»Richard, ich fürchte, es gibt ein Problem.« Charlotte bemühte sich um die nötige Gefasstheit, was ihr allerdings nur bedingt gelang. »Ein Problem von nationaler Bedeutung.«

Falls der Portier irgendwelche Zweifel daran hatte, dass eine weithin unbekannte Kinderbuchillustratorin aus London, die einen Aufenthalt im Luxushotel gewonnen hatte, Belange von staatspolitischer Tragweite zu verhandeln hatte, so ließ er es sich jedenfalls nicht anmerken.

»Ich bin ganz Ohr«, sagte er, »und hoffe, dass ich in angemessener Weise behilflich sein kann, Ma'am.«

»Das können Sie sicher, Richard. Ob ich Sie wohl bitten dürfte, mit mir kurz in die Bibliothek zu kommen?«

»Gewiss, Ma'am.« Er nickte und trat hinter seiner Theke hervor, um Charlotte hinüber in den von edlen Regalen gesäumten Raum zu begleiten. Sie deutete auf einen Sessel.

»Verstehen Sie mich nicht falsch, Ma'am, aber ich würde doch gerne …«

»Bitte, Richard, setzen Sie sich.«

»Wie Sie wünschen, Ma'am.« Ergeben ließ sich der Portier auf dem Sessel nieder, die Finger ineinander verflochten.

Charlotte rief die Nachricht auf, die ihr Leach am Weihnachtstag geschickt hatte, jenen kurzen Film, in dem – zweifellos von allen Beteiligten ungewollt – das royale Hinterteil des Herzogs von Sussex die Hauptrolle gespielt hatte.

»Bitte fragen Sie mich nicht, wie ich dazu gekommen bin und was das alles mit mir zu tun hat«, sagte sie. »Nur so viel: Ich lehne es ab. Alles, was Sie gleich sehen werden.«

Richard lächelte unverbindlich, vielleicht ein klein wenig verunsichert, und räusperte sich. Dann drückte Charlotte auf »Play«, und das ganze Drama präsentierte sich vor den Augen dieses vornehmen Mannes innerhalb von 34,3 Sekunden.

Man darf von einem Portier, selbst wenn er ein Haus allerersten Ranges repräsentiert, nichts Übermenschliches verlangen. Und man darf von einem treuen Untertan Ihrer Majestät der Königin nicht erwarten, dass er die göttliche Ordnung über sein moralisches Empfinden und seinen natürlichen Sinn für Etikette stellt. Denn für einen wahren Gentleman lässt sich das eine ohnehin nicht vom anderen trennen.

In dieser Hinsicht bleibt uns also nichts anderes als festzustellen, dass besagte »Nummer 4« nicht den Anforderungen genügte beziehungsweise, auch wenn es schwerfällt, es auszusprechen: eben kein wahrer Gentleman war.

»Sie sehen mich bestürzt, Ma'am«, erklärte Richard.

»Ich weiß, Richard. Und ich hätte nichts anderes von Ihnen erwartet. Die schlechte Nachricht ist …«

Ein Husten. »Pardon«, keuchte der Portier. »Sie wollen sagen, das *war* noch nicht die schlechte Nachricht?«

»Es war ein Teil von ihr.« Charlotte lächelte entschuldigend, während sie ihr Smartphone wieder wegsteckte. »Leider der kleinere.«

Richard, der in seinem Leben schon viel erlebt hatte, holte Luft, dann nickte er tapfer und forderte die junge Frau auf: »Fahren Sie fort, Ma'am.«

Charlotte holte ihre Zeichnung hervor und legte sie auf den Tisch neben dem Sessel. »Wenn Sie sich diese Position hier ansehen, Richard ...« Sie deutete auf einen Nebenzweig, der in der Generation der Queen angesiedelt war. »Beachten Sie die Daten.«

Der Portier sank seufzend in sich zusammen. »Sie haben es herausgefunden.«

»Es ist eine Zeitbombe, Richard.«

»Aber es weiß niemand«, beharrte der Portier.

»Sie wissen es, nicht wahr? Ich weiß es. Wenn die Presse erfährt, dass der Thronfolger in Wahrheit gar nicht das Kind der Queen ist, wären auch seine zwei Kinder keine Thronprätendenten mehr. Mit der Folge ...«

»Dass die Thronfolge auf den Duke of Sussex überginge.«

»Die aktuelle Nummer vier der Thronfolge.« Oder, aber das auszusprechen hätte sich weder ihm noch ihr geziemt: den königlichen Hintern.

Richard nickte erschüttert. »Sie hatte so ein edles Motiv ...«

»Sie wollte ihren eigenen Kindern den Thron ersparen?«

»Aber nein!«, sagte Richard erstaunt. »Sie hat das Glück ihrer kleinen Familie für das Glück von Mrs Penwick geopfert. Und für den Bestand der Monarchie natürlich.«

Es war höchste Zeit, durch eine klug orchestrierte Aktion aus PR, Winkelzügen und Gefälligkeiten diese Zeitbombe zu entschärfen – vermutlich, indem man eine »Firewall« aus Nebelkerzen und Desinformation aufbaute. Charlotte fragte sich, ob das ein Fall für die Geheimdienste war. Wahrscheinlich!

»Ma'am«, sagte Richard, von einem Augenblick auf den anderen wieder die gefasste Vornehmheit in Vollendung, »ich fürchte, Sie haben einen Termin mit dem Premierminister.«

»Der First Lady, Richard. Manche Dinge lassen sich besser mit denjenigen besprechen, die wirklich einflussreich sind.«

»Ein wahres Wort, Ma'am. Mit der First Lady also.«

»Danke, dass Sie sich darum kümmern, Richard.«

Rückblickend wäre es hilfreich gewesen, Charlotte hätte sich zu diesem Zeitpunkt möglichst gleich auf den Weg gemacht, um ihre Verabredung im *Flodigarry Boatsmen* einzuhalten. Doch es war ja noch Zeit, und sie wollte sich irgendetwas Nettes anziehen. Etwas, das dem Anlass gemäß war. Nun, rückblickend sind wir immer schlauer. Niemand hätte ja auch damit rechnen können, dass ein Termin mit der First Lady im 24 CS innerhalb von Minuten zustande kommt.

Charlotte war gerade dabei, aus dem Strickkleid mit dem aufgenähten Blümchenkragen zu schlüpfen, da klopfte es.

»Ja, bitte?«

»Die First Lady wäre so weit«, hörte sie von draußen einen verblüfften Nick.

»Nick! Danke! Ich bin in zwei Minuten fertig.« Hastig schlüpfte sie in das dunkelblaue Cocktailkleid, zu dem die gelben Strümpfe ungefähr so gut passten wie ein Panama-Hut zum Pyjama, stieg zu allem Überfluss in der Eile auch noch in die nudefarbenen Pumps und fand sich Minuten später – zumindest nach ihrer eigenen Empfindung – als Clown vor der Suite im Stockwerk über ihrem wieder.

Wie es einer vollendeten Dame entspricht, sah die First Lady über die modischen Sünden ihrer Besucherin großmütig hinweg. Vielleicht hielt sie sie auch bloß für typisch englische Exzentrik. Immerhin bildete der hochrote Kopf der Besucherin eine Art Pointe dieses Aufzugs. Allerdings waren die Informationen, die die First Lady in den folgenden Augenblicken von Charlotte Williams erhielt, von einer Art, die einen in der Tat alle alltäglichen Peinlichkeiten unmittelbar vergessen ließen.

»Er ist *was*?« So wenig souverän hatte Mildred Porter noch selten gewirkt. Eigentlich nie. Die Informationen, die ihr Charlotte in einem Vieraugengespräch dargelegt hatte, trafen sie buchstäblich ins Innerste.

»Er ist nicht der Sohn der Queen«, bekräftigte Charlotte.

»Und wer um alles in der Welt ist diese Anne Stirling?«

»Anne Louise Emily Harriett of Penwick. Die Duchesse of Stirling.«

»Wieso hat man noch nie etwas von ihr gehört? Und wie kommt die Frau dazu, ihr Kind der Queen unterzuschieben?« Die Empörung der First Lady war aufrichtig, wobei Charlotte nicht zu sagen vermocht hätte, ob sie sich der Sache selbst wegen echauffierte oder der Tatsache wegen, dass sie nichts davon gewusst hatte – von der Regierung Ihrer Majestät ganz zu schweigen.

Charlotte hob die Schultern. »Tut mir leid, Ma'am, aber die Hintergründe sind mir nicht bekannt. Vielleicht wollte sie dafür sorgen, dass ihr Kind nicht von der Thronfolge ausgeschlossen wurde.«

»Aber wieso sollte es, wenn es doch so nah verwandt war mit … mit all den Windsors und Hannovers?«

»Die Eltern hatten katholisch geheiratet«, erklärte Charlotte. »Sie konnten ihr Kind nicht gut anglikanisch taufen lassen, oder?«

»Ich habe keine Ahnung«, murmelte die First Lady, ganz Ratlosigkeit. »Wenn das alles bekannt wird, haben wir eine Verfassungskrise. Und Timothy hat schon genug damit zu tun, all die Ruchlosen und Ahnungslosen in seinem Kabinett im Griff zu behalten.«

»Ja«, bestätigte Charlotte. »Eine Verfassungskrise. Das ist zu vermuten. Aber das ist noch nicht alles.«

Ein weiteres Mal musste die junge Frau aus London beobachten, wie einer Dame von eigentlich unvergleichlicher Contenance die Gesichtszüge entglitten, als sie auch ihr das kleine Filmchen vorspielte, das Leach ihr geschickt hatte.

»Hier sehen Sie übrigens den legitimen Thronerben.«

»Den … Thronerben? Sie meinen, dieser Mann ist der … der zukünftige König?«

Eine Weile saßen sie schweigend da, die vielleicht einflussreichste Frau des Königsreichs (von der Queen selbstredend abgesehen), der aber die Zügel aus der Hand genommen waren, und eine junge Frau, die zwar noch wenig erreicht hatte, im Moment aber die Geschicke des Vereinigten Königreichs in ihren Händen hielt. Buchstäblich.

Dann fragte Mildred Porter: »Wer kennt diesen Film, Miss Williams?«

»Meines Wissens nur Sie und ich, Ma'am. Und Richard.«

»Was aufs Gleiche hinausläuft«, murmelte die First Lady. Sie holte tief Luft. »Kann das so bleiben?«

»Ich bitte Sie, Ma'am! Das versteht sich doch von selbst. Die Frage ist, welche Schlüsse wir daraus ziehen. Ich meine, welche Schlüsse *Sie* daraus ziehen – und der Premierminister.«

»Wenn wir sichergehen könnten, dass es niemand jemals erfährt...« Sie lächelte ein unergründliches Lächeln. »Und wenn es eine Möglichkeit gäbe, herauszufinden, ob der Prince of Wales die Wahrheit über seine nicht königliche Abstammung kennt...«

»Seine Abstammung ist durchaus königlich, Ma'am. Er ist nur nicht der legitime Thronprätendent. Deshalb sollte das eigentlich einigermaßen leicht zu erfahren sein.«

»Tatsächlich? Aber wie wollen Sie denn die wahren Eltern finden?«

Charlotte erinnerte sich an die Worte des Portiers und sagte geheimnisvoll: »Ma'am, so leid es mir tut, ich fürchte, Sie haben einen Termin mit der Mutter der betreffenden Person.«

Zu spät, dachte Charlotte, als sie die Suite der Porters wieder verließ. Wenn sie sich jetzt auf den Weg nach Flodigarry machte, würde sie Paul nicht mehr dort antreffen. Die Mittagszeit war vorüber – und ihr Date auch. Ob sie in dem Lokal anrufen sollte? Aber selbst im unwahrscheinlichen Fall, dass er noch dort war: Was sollte sie ihm sagen? Mir ist ein Treffen mit der First Lady dazwischengekommen? (»Oh ja, ich hätte eigentlich auch einen Termin mit der Queen gehabt.«) Ich musste mal rasch die Monarchie retten? (»Gut, dass du mich erinnerst – ich muss nachher noch rasch die Welt retten.«) Ein royaler Hintern hat verhindert, dass ich komme? (Darauf würde ihm gewiss nichts Spöttisches einfallen.)

Im Garten entdeckte Charlotte Gwen, Nicks kleine Schwester. Sie baute gemeinsam mit Miss Lilian einen Schneemann – und einer der Köche des Hauses stand daneben und bewunderte das Werk, um schließlich eine Karotte aus seiner Schürze zu zaubern und sie den Mädchen feierlich als krönenden Abschluss des Standbilds zu überreichen. Charlotte konnte durch die geschlossenen Fenster den Jubel der beiden hören und musste lächeln. Manchmal konnte man das Glück mit einer Winzigkeit herbeizaubern.

Als Augen hatten die Kinder nur Löcher in den Kopf gedrückt. Deshalb nahm Charlotte zwei Walnüsse aus der Dekoration eines Tischs, niemand würde es merken. Sie trat an die Terrassentür und öffnete sie.

»Gwen?«

Miss Lilian blickte erstaunt zu ihr herüber. Damit hatte sie offenbar nicht gerechnet, dass Charlotte ein Mädchen vom Ort kannte. Charlotte zwinkerte ihr zu und hielt ihr die Nüsse hin:

»Hier, für euren fabelhaften Schneemann!«

»Gute Idee!«, befand Miss Lilian, und auch Gwen nickte anerkennend.

Wenige Minuten (und einige weitere Plünderungsaktionen in der Lobby) später zierten auch noch Haselnussknöpfe und Orangenscheibenohren sowie Mistelzweighaare (was Charlotte sich unbedingt für die nächste Scrabble-Partie merken musste) den eisigen Gesellen. Inzwischen betrachtete Charlotte den Schneemann auch als ihr Geschöpf. So standen die drei stolz vor dem Kunstwerk und bewunderten es.

»Du kommst bestimmt, um deinen Bruder abzuholen?«, fragte Charlotte das Mädchen vom Ort.

»Nein«, erwiderte Gwen. »Heute holt mein Bruder mich ab.«

»Sie sollten vorsichtig sein, damit Sie sich nicht erkälten«, hörte Charlotte eine männliche Stimme hinter sich.

»Da sagen Sie was!« Sie wandte sich um. Doch es war keiner der Mitarbeiter des Hotels, sondern …

»Paul!«, rief Gwen und rannte auf ihn zu.

»Ihr kennt euch?«

»Soll vorkommen unter Geschwistern.« Paul lachte.

»Du bist auch? Wie Nick? Also, du und Gwen und Nick, ihr seid …«

»Geschwister, ja«, sagte Paul. »Drei von sieben. Ich bin der Älteste.«

»Und ich die Jüngste«, rief Gwen, die Paul fest umklammerte. Er hob sie hoch und schwenkte sie ein wenig hin und her, ehe er sie wieder vorsichtig absetzte.

»Das hat mein Papa auch immer mit mir gemacht«, murmelte Miss Lilian und blickte zu Boden.

»Soll ich mal versuchen?«, schlug Charlotte spontan vor.

Wenig später lagen alle vier schwindlig vom »Freunde-Karussell« im Schnee und japsten nach Luft.

»Jetzt muss ich aber wirklich rein«, erklärte Charlotte, der zwar heiß war, aber die zugleich spürte, wie die Kälte in ihre dünnen Kleider drang.

»Unbedingt«, rief Paul und nickte Gwen zu. »Und wir zwei machen uns auf den Weg.«

Wenn Charlotte gehofft hatte, er würde mit ihr nach drinnen wechseln, während die Mädchen draußen weiterspielten, so hatte sie sich getäuscht.

»Ich geh auch rein«, erklärte Miss Lilian und klopfte dem Schneemann fröhlich auf die Schulter.

»Wegen heute Mittag…«, sagte Charlotte.

»Alles gut«, erwiderte Paul. »Vielleicht ein andermal?«

»Ja! Gerne. Wie wäre es mit morgen? Gleiche Zeit? Gleicher Ort?«

»Ich werde da sein.« Paul blickte ihr in die Augen, dass ihr ganz seltsam zumute wurde.

»Ich auch. Bestimmt.«

»Ich freue mich darauf.« Paul legte seiner kleinen Schwester den Arm um die Schultern und winkte zum Abschied. Dann stapften die beiden durch den verschneiten Garten davon.

»Lilian?«, fragte Charlotte, die sich ihre Enttäuschung nicht anmerken lassen wollte.

»Hm?«

»Hättest du Lust, mich ein wenig bei meiner Arbeit zu beraten?«

»Ehrlich?«

»Ich sammle Ideen, weißt du. Und ein paar fehlen mir noch.«

Miss Lilian grinste übers ganze Gesicht. »Ich glaube, dafür hätte ich ein wenig Zeit übrig.«

»Na, da bin ich ja froh, dass dein Terminkalender noch eine Lücke für mich aufweist.«

Sie gingen nach drinnen, und als Charlotte sich noch einmal umdrehte, um nach Paul und Gwen zu schauen, sah sie, dass auch Paul zurückgeblickt hatte. Ein Lächeln blitzte über sein Gesicht (jetzt war ihr auch klar, dass es kein typisch schottisches Lächeln war, sondern die Ähnlichkeit mit Nick, die ihr anfangs ein Déjà-vu beschert hatte). Er hob die Hand zum Gruß, als würden sie sich schon ewig kennen. Charlotte spürte, wie ihr Herz ein wenig schneller schlug. Irgendwie hatte sie das Gefühl, dass seine Gegenwart auf sie wirkte wie ein... hm: ein Cherry Christmas? Nun ja, eher wie zwei oder drei.

Der Rest des Tages verging wie im Flug. Natürlich bemerkte Charlotte, dass eine außergewöhnliche Geschäftigkeit im Hotel herrschte, dass Nick unablässig mit dem alten Vauxhall vorfuhr und sich wieder auf den Weg machte, dass ungewöhnlich viele Besucher ohne Gepäck (beziehungsweise nur mit schwarzen Aktenkoffern) kamen und gingen, dass in der Suite über ihrer immer wieder heftig diskutiert wurde. Charlotte trat immer wieder mal ans Fenster und blickte hinunter, wo sie von Zeit zu Zeit den Premierminister mit seinem Smartphone im Garten stehen sah (dem Schneemann in Statur und Würde übrigens nicht unähnlich), weil ja auch Regierungshandys so etwas wie ein Netz brauchten.

Und während rund um die legendäre Weihnachtssuite herum die Welt zum Zirkus mutierte, betrachteten die

Londoner Illustratorin und ihre jugendliche Freundin die Zeichnungen, die in den letzten Tagen und Nächten entstanden waren, um zu überlegen, was davon zusammenpasste, was wegsollte, was neu gemacht werden musste und wie sich das alles zu einer Geschichte fügen ließ. Natürlich hatte Charlotte eine Idee, natürlich wusste sie, was sie wie zu verwenden gedachte, und natürlich lenkte sie Miss Lilians Überlegungen. Aber immer wieder war sie auch überrascht, wie anders das Mädchen Dinge sah, worüber es sich amüsierte – und worüber nicht.

Und dann klingelte irgendwann das Telefon, und zu Charlottes ehrlicher Überraschung meldete sich eine Bekannte, von der sie alles andere als einen Anruf erwartet hätte.

»Haben Sie Zeit?«

»Selbstverständlich, Königliche Hoheit.«

»Jetzt?«

»Jederzeit, Ma'am«, sagte Charlotte und spürte ihr Herz galoppieren.

»Sie wissen, wo Sie mich finden?«

Sie wusste es.

Nachdem sie Miss Lilian bei ihrem Zimmer abgeliefert hatte, eilte Charlotte zum Rigg's Inn. »Königliche Hoheit«, sagte sie und knickste ihren wie stets ungeübten Knicks, nur dass sie ihn diesmal ehrlich meinte.

»Ach, bitte«, erwiderte die Gastgeberin. »Lassen wir die Förmlichkeiten. Setzen Sie sich doch, Charlotte.«

»Danke, Ma'… ich meine: Danke, Harriett.« Sie blickte auf die beiden Gläser auf dem Tisch. »Talisker?«

»Sie lernen schnell.« Die alte Dame unterstrich diese Feststellung mit einem bemühten Husten. Es war nicht das erste Mal, dass Charlotte den Eindruck hatte, dass die Principessa, wie Miss Lilian sie nannte, große Mühe darauf verwenden musste, allein das Wenige zu tun und zu sagen, was sie tat und sagte. Es war einfach nicht mehr allzu viel Kraft in diesem betagten Körper. Die Augen gleichwohl blitzten wach und rege, als gehörten sie einem jungen Mädchen, das sich täglich lustvoll in das Abenteuer Leben stürzte. »Sie haben es also herausgefunden«, stellte Mrs Penwick fest. Sie atmete schwer. Auf einmal erschien sie Charlotte so zerbrechlich, dass sie sie am liebsten in den Arm genommen hätte – was natürlich absolut undenkbar war.

»Zufall«, erwiderte sie und nippte an ihrem Whisky.

»Und nun fragen Sie sich, warum das ganze Versteckspiel?«

»Offen gesagt, ich habe mich das gar nicht gefragt.« Charlotte ließ den Blick durch den Raum schweifen. Das Rigg's Inn war zu dieser Zeit leer, bis auf die wenigen dienstbaren Geister, die im Hintergrund dezent die Tische fürs Dinner eindeckten und den Boden wischten. »Wenn ich mir vorstelle, ich müsste mich entscheiden zwischen einem Leben in der Öffentlichkeit, ohne jede Privatsphäre, ständig die Presse im Nacken – oder einem Leben an diesem zauberhaften Ort ...«

Mrs Penwick lächelte versonnen. »Wäre das die Entscheidung gewesen, hätte ich gewiss meine Pflichten erfüllt. Aber eigentlich war es nur eine Entscheidung für die Liebe. Und die ist nun einmal mächtiger als alles andere auf der Welt.« Wie wahr, dachte Charlotte und schluckte, weil sie sich gewünscht hätte, auch einmal eine Entscheidung für die Liebe treffen zu können. Eine große Entscheidung… »Aber inzwischen ist es nicht mehr wirklich wichtig für mich. Es wird mich nicht mehr betreffen.«

»Nun ja…«, wollte Charlotte zu bedenken geben, doch die alte Dame hob die Hand.

»Nein, nein, die Dinge sind, wie sie sind. An mich selbst muss ich nicht mehr denken. Meine Zeit ist fast zu Ende. Aber für andere Menschen könnte es wichtig sein. Deshalb bin ich froh, dass Sie sich um alles kümmern. Das wollte ich Ihnen bloß sagen.« Sie hob ihr Glas in Charlottes Richtung und stürzte den Whisky hinunter. Mühsam unterdrückte sie ein Husten, das ihren zerbrechlichen Körper schüttelte.

»Um alles kümmern?«, fragte Charlotte vorsichtig. Doch Mrs Penwick winkte dem vorübereilenden David und erklärte: »Bitte bringen Sie mich auf mein Zimmer, mein Guter.« Und beendete damit die Audienz, ehe Charlotte herausfinden konnte, was sie mit der Bemerkung gemeint hatte.

Die Pflichten eines Gentlemans

Am nächsten Morgen war Charlotte früh aufgestanden. Sie hatte Pläne. Vielleicht hatte sie auch nicht so gut geschlafen, weil ihr das riesige Bett der Weihnachtssuite einsam vorgekommen war.

Die Tür öffnete sich, und das Zimmermädchen steckte verwirrt den Kopf herein.

»Guten Morgen, Rosa! Kommen Sie ruhig herein!«

»Oh … Verzeihung, Ma'am«, stotterte das Zimmermädchen. »Ich dachte … wegen des Schilds.«

»Das ist schon richtig so, Rosa. Ich hatte es hingehängt.« Gemeint war die antike Holzscheibe, die auf der einen Seite rot bemalt war und die Aufschrift »Do not disturb« trug, während die andere Seite, die grüne, mit »Make my room, please« gekennzeichnet war. Das alles natürlich hübsch verziert und in eleganten goldenen Lettern.

»Und es stört Sie nicht, wenn ich jetzt sauber mache, Ma'am?«

»Ich möchte, dass Sie sich kurz zu mir setzen, Rosa.«

»Es tut mir leid, Ma'am, ich … ich muss arbeiten«, erwiderte die Frau aus der Dominikanischen Republik, deren Augen so traurig waren, obwohl sie doch ein Gesicht hatte, wie gemacht für Fröhlichkeit! Charlotte hatte einen Blick für solche Details.

»Es dauert nicht lange«, erklärte sie.

Rosa hatte die Tür noch kaum hinter sich geschlossen, als es klopfte. Charlotte bedeutete dem Zimmermädchen, sich an den Tisch im Salon der Suite zu setzen, und ging selbst zur Tür, um zu öffnen.

»Wie schön, dass Sie gleich gekommen sind, Rajeev. Bitte treten Sie ein.«

»Es ist mir unverständlich, wie das passieren konnte, Ma'am. Aber ich bin sicher…« Er blieb stehen, als er Rosa am Tisch sitzen sah. »Ist alles in Ordnung?«

»Aber ja, Rajeev. Bitte, setzen Sie sich doch ein wenig zu uns.«

»Zu… Ihnen?« Es war schwer zu überhören, dass er den Gedanken einigermaßen undenkbar fand, er könnte sich als Hausmeister gemeinsam mit einem Gast und einem Zimmermädchen an einem Tisch niederlassen. »Ich verstehe nicht…«

»Nur kurz, Jeeves. Ich darf Sie doch Jeeves nennen?«

»Ich nehme es als Ehrentitel«, erklärte der Hausmeister und lächelte zurückhaltend, während er ein wenig mit dem Kopf wackelte, in dieser unnachahmlichen Weise, wie es die Menschen aus dem Mittleren Osten, aus Indien und anderen Ländern dieser Region taten, und für die englische Hälse offenbar nicht elastisch genug waren. »Wissen Sie, es gibt eine berühmte Figur in der Literatur von…«

»P. G. Wodehouse«, sagte Charlotte.

»Ja. Der Butler.«

»Köstlich.«

»Nicht wahr?«

Rosa hatte diesen kurzen Dialog mit verständnislosem

Blick verfolgt und wrang die Hände. »Ma'am«, sagte sie. »Ich habe noch viele Zimmer.«

»Ich weiß, dass ich Sie vom Arbeiten abhalte, Rosa, das tut mir leid. Sie übrigens auch, Jeeves. Die Minibar funktioniert übrigens perfekt.«

»Wirklich? Ich dachte…«

»Das war nur ein kleiner Vorwand, um Sie hierherzubekommen.«

Erneut klopfte es. »Bitte, nehmen Sie Platz, Jeeves. Ich bin gleich bei Ihnen.« Charlotte eilte zur Tür und nahm dem Mädchen vom Zimmerservice (an diesem Tag Erica) das Tablett ab, um es selbst auf den Tisch im Salon zu stellen. »So«, sagte sie, nachdem sie die drei Tassen verteilt und Tee ausgeschenkt hatte. »Danke, dass Sie gekommen sind. Bevor ich zur Sache komme…« Sie griff neben den Sessel und holte eine Papiertüte, die sie sich an der Rezeption hatte geben lassen, hervor. »Sie müssen wissen, ich bin ja hier nicht, weil ich mir solche Hotels sonst leisten könnte. Das ist wirklich ein sehr glücklicher Zufall für mich. Im Moment bin ich leider ziemlich knapp bei Kasse.« Sie lachte auf, als sie das aussprach. »Von Kasse kann man im Grunde gar nicht sprechen. Jedenfalls: Das Hotel war so großzügig, mich zu Weihnachten mit einigen kleinen Geschenken zu bedenken. Und da ich nun einmal nichts anderes habe, würde ich diese Geschenke gerne an Sie weitergeben. Ich weiß natürlich, dass man Geschenke nicht weiterverschenkt«, fügte sie rasch hinzu, ein Gedanke, der ihr in diesem Moment erst gekommen war. »Aber ich glaube, das gilt nicht für Präsente, die noch ungeöffnet sind. Also, es wäre mir eine Ehre, wenn Sie die Sachen nähmen, ich bin sicher, es sind alles bezaubernde Dinge, denn in diesem Haus gibt es ja gar nichts anderes.«

Jeeves blickte betreten zu Boden. »Aber Sie müssen uns doch nichts schenken, Ma'am«, sagte er dann, und Rosa nickte energisch, um ihre Zustimmung auszudrücken.

»Das weiß ich, Jeeves. Aber… Na ja, ich dachte, Sie haben es gerade schwerer als ich.«

Seine Augenbrauen gingen in die Höhe.

»Wobei ich es genau genommen eigentlich nur von Ihnen weiß, Rosa.«

Das Zimmermädchen musste schniefen.

»Sie meinen wegen des Aufenthaltsgesetzes?«, fragte Jeeves scharfsinnig.

»Es ist eine Schande«, erklärte Charlotte.

»Da möchte ich Ihnen gerne zustimmen, Ma'am.«

»Ich werde alles dafür tun, dass dieses Gesetz abgeschafft wird«, fügte Charlotte an. Am betretenen Schweigen ihrer Gäste erkannte sie, dass es den beiden schwerfiel, sich darunter Maßnahmen von großer Wirksamkeit vorzustellen. »Jedenfalls habe ich einen Plan. Vielleicht gelingt er ja.«

»Das wäre schön«, hauchte Rosa und zwang sich zu einem Lächeln, das vermutlich tapfer wirken sollte, aber letztlich doch eher kläglich war.

»Seien Sie versichert, dass es hier Menschen gibt, die Ihre Anwesenheit in diesem Land zu schätzen wissen.«

»In Schottland?«

»Auch in England.«

»Oh. Ähm, ja, gewiss.«

Erneut nickte Rosa energisch. »Das ist wahr, Ma'am«, sagte sie mit ihrer leisen, zurückhaltenden Stimme. »Sie sind ein guter Mensch.«

»Danke, Rosa. Sie auch. Und Ihr Sohn… wie geht es ihm?«

»Sie wissen von meinem Sohn? Er ist fünf.«

»Im besten Alter«, sagte Charlotte.

»Ich hoffe, dass er sechs wird.«

»So krank?«

»Hier nicht. Hier gibt es Medikamente.«

»Und in Ihrer Heimat?«

Rosa schüttelte den Kopf.

Charlotte legte ihre Hand auf die des Zimmermädchens. »Wir werden es schaffen, Rosa.«

»Was werden wir schaffen, Ma'am?«

»Dass Sie hierbleiben können. Und Sie auch, Jeeves.« Und auch George, dachte sie. Der muss auch bleiben. Hoffentlich war er noch nicht gegangen.

Es war etwas wärmer geworden. Der schmelzende Schnee hatte überall Eiszapfen gebildet, von denen glitzernde Tropfen fielen. Die Sonne verwandelte die See in ein schillerndes Sternenmeer, und die Luft war so angenehm frisch, dass Charlotte über ihrem Aufenthalt im Garten und an der Klippe beinahe die Zeit vergessen hätte. Sie musste sich beeilen. Immerhin würde es mit Harold nicht allzu lange nach Flodigarry dauern. Und der Spaziergang hatte ihr richtig Appetit gemacht. Charlotte fühlte sich gestärkt und unternehmungslustig. Die seltsame Geschichte mit der Thronfolge belastete nicht mehr ihre Seele – das Leben konnte so wundervoll sein!

Miss Lilian streifte mit dem Jungen, den Charlotte vor ein paar Tagen an einem Fenster hatte stehen sehen, durchs Hotel und durch die angrenzenden Bereiche. Einmal entdeckte Charlotte die Kinder im Gewächshaus, ein andermal bei einem Holzstapel an einem der Nebengebäude. Zu gerne hätte sie eine Zeichnung von den beiden gemacht. Aber inzwischen waren ihre Hände so kalt, dass sie wohl nicht einmal den Stift hätte halten können.

Voller Vorfreude kehrte sie zurück ins Hotel. Heute würde sie Jeans und Sweatshirt anziehen. Keine Maskerade – einfach Charlotte pur. Paul lief ja auch nicht ständig mit Schlips und Kragen herum.

Rasch zog sie sich um und schlüpfte schließlich wieder in die fabelhaften Weihnachtsstiefel, ehe sie die Suite verließ.

Sie hatte beinahe schon die Lobby durchquert, als sie hinter sich eine Stimme hörte: »Miss Williams?«

Manche Ereignisse finden niemals Eingang in die Chroniken, selbst wenn sie von epochaler Bedeutung sind. Die Rettung der Monarchie im Vereinigten Königreich wäre so ein Ereignis. Und tatsächlich ließ sich durch einen Anruf in Klosters, eine Verschwörung der Wohlmeinenden auf einer kleinen Insel im Norden Schottlands, durch die umsichtige Diplomatie eines erfahrenen Concierge und den Zufall, dass in Person des Premierministers ausgerechnet der richtige Mensch zur richtigen Zeit am richtigen Ort war, sowie die unvergleichliche Fähigkeit der First Lady, ihren Mann auf die Pfade der Hellsichtigkeit zu leiten, das Schlimmste vermeiden, um nicht zu sagen das Allerschlimmste: der Sturz der Krone in einem der ältesten Königreiche der Welt.

Die Verwicklungen illegitimer Geburten in Verbindung mit einem hochkomplexen Erbfolgesystem blieben deshalb ebenso in den heimlichen Winkeln der britischen Geschichte verborgen wie ein damit etwas unvorteilhaft zusammenwirkendes royales Hinterteil und eine große romantische Liebe, die sich nicht um die Konventionen eines an Konventionen überreichen aristokratischen Systems scherte.

Und auch wenn nicht jeder Anwesende die Details dieser explosiven Operation verstanden haben mochte, so brachte es die Frau des Premierministers doch auf den Punkt, als sie Charlotte auf dem Weg aus dem Hotel abfing und erklärte: »Im Namen Ihrer Majestät der Queen und auch im Namen der Regierung, nicht zuletzt aber ganz persönlich von meiner Seite aus möchte ich Ihnen den tiefsten Dank aussprechen. Sie haben mit Ihrem Einsatz nicht weniger als das Königreich gerettet.«

Charlotte deutete auf das Sofa in ihrer Nähe, das leer war. »Setzen Sie sich doch, Ma'am«, sagte sie. »Auch wenn Sie bei Weitem übertreiben« (beide wussten allerdings, dass die First Lady recht hatte), »gebe ich zu, dass ich mich geschmeichelt fühle.«

Mit ihrem untrüglichen Sinn für ehrwürdige Traditionen servierte Kiharu Ceylon-Tee – ein Kännchen mit zwei Tassen. Charlotte blickte zur Uhr. Nun, Paul würde ihr sicher verzeihen, wenn sie ein paar Minuten zu spät kam. Vielleicht konnte sie sich von Nick in dem alten Vauxhall nach Flodigarry fahren lassen?

»Mrs Porter, wenn Sie erlauben…«, sagte Charlotte hastig und war zum höchsten Erstaunen der First Lady im nächsten Augenblick verschwunden. Am Empfang drängte sie zu ihrem eigenen Ärger noch einen distinguierten älteren Herrn beiseite (was dieser mit einem wenig distinguierten Räuspern quittierte) und erklärte Richard in wenigen Worten das Nötigste (»Verabredung. *Flodigarry Boatsmen.* Mr Paul Ich-weiß-nicht-wie-aber-der-Bruder-von-Nick. Verspätung.«). Richards Ausstrahlung besagte wie stets: »Sorgen Sie sich nicht, gnädige Frau, wir kümmern uns darum.« Und sogleich griff er zum Telefonhörer, um im Pub drei Meilen entfernt Bescheid zu geben, während Charlotte zurück zu ihrem Tee stürzte. Und der First Lady.

»Wollen Sie mir verraten, was Sie unternommen haben?«, fragte sie neugierig, während sie sich wieder setzte.

»Oh, im Grunde war es ganz einfach«, erklärte Mildred Porter lächelnd. »Wir mussten nur ein paar Dokumente austauschen, ein paar andere verschwinden lassen – und natürlich gewisse Zeitgenossen überzeugen, unvorteilhafte Aufnahmen zu löschen. Ansonsten haben wir nur dafür gesorgt, dass die Geschichte in den richtigen Medien landet.«

»Den richtigen?«

»Der Yellow Press. Dann ist sich jeder sicher, dass es nichts als Lug und Trug und dass an der Sache garantiert nichts dran ist.« Sie lachte. »Ein typischer Anthony-Porter-Urlaub also.«

»Ein richtiger Urlaub war's ja zuletzt nicht mehr.«

»Ach, wissen Sie, das entspricht der Jobbeschreibung meines Mannes. Und eigentlich auch meiner …«

»*Wenn Sie bereit sind, hundertzwanzig Stunden wöchentlich zu arbeiten, sich dafür täglich in der Presse zerfleischen zu lassen und keine Angst vor verrückten Überraschungen haben, sind Sie bei uns richtig*«, zitierte Charlotte lachend.

Die First Lady hob entschuldigend die Hände. »Stimmt. Ich muss es ergänzen um: *Sie sollten außerdem jederzeit bereit sein, im Urlaub alles liegen und stehen zu lassen, um die Welt zu retten.*«

»Scheint, das ist Ihnen zumindest gelungen, Ma'am.«

»Nun, in Wirklichkeit ist es wohl Ihnen gelungen, Miss Williams. Ich wünschte, die Duchesse könnte sich noch ein wenig daran erfreuen: Sie bleibt von allem unbehelligt, die Nummer vier in der Thronfolge bleibt an vierter Stelle, weil die Nummer eins und damit auch die Nummern zwei und drei ihre Plätze behalten dürfen. Ende gut, alles gut.«

»Ich schätze, es ist eine gute Nachricht, dass die Nummer vier auf Platz vier bleibt«, sagte Charlotte.

»Sagen wir so: Die Nummer eins ist ja auch dazu erzogen worden, auf den Thron zu folgen.«

»Sie meinen, der Prince of Wales weiß zumindest, wohin sein königliches Hinterteil gehört?«

»So würde ich das natürlich nie ausdrücken, Miss Williams.« Mildred Porter schüttelte den Kopf, als könnte sie es selbst kaum glauben. »Sie haben was gut, Miss Williams«, erklärte sie. »Wenn es irgendetwas gibt, was wir für Sie tun können, zögern Sie bitte nicht. Ich bin jederzeit für Sie zu sprechen. Erwähnen Sie einfach Quidditch.«

»Quidditch?«

»Quidditch.« Sie stand auf und nickte. »Goodbye, Miss Williams!« Die First Lady war schon im Begriff zu gehen, als sie in ihrem Rücken hörte: »Quidditch.«

»Quidditch?«

»Es gäbe da tatsächlich etwas, Ma'am. Etwas, das mir sehr am Herzen liegt und vielen Menschen das Leben erleichtern würde ...«

In wenigen Sätzen legte sie ihr Anliegen dar, wobei ihr die sich eintrübende Miene der First Lady nicht entging. Als sie fertig war, seufzte diese und erklärte: »Sie wissen, dass das Gesetz schon durchs Parlament ist? Es tritt zum 1. März in Kraft.«

»Sagten Sie nicht, ich hätte was gut?« Charlotte war selbst erstaunt, woher sie den Mut nahm. Aber wenn sie eines gelernt hatte in diesem Urlaub, dann war es, dass man Gelegenheiten beim Schopf packen musste. Und also packte sie die Gelegenheit beim Schopf.

Eine Weile sinnierte die Frau des Premiers. »Man bräuchte jemanden, der dafür sorgt, dass das Oberhaus seine Zustimmung verweigert«, sagte sie schließlich: »Die Lords wären die Einzigen, die das Gesetz jetzt noch stoppen könnten. Leider sind wir bei hochmögenden Herrschaften nicht sonderlich wohlgelitten. Sie kennen ja meinen Mann.«

»Also, wenn es darum geht, dass jemand Widerspruch erhebt ...«

»Wir könnten das Gesetz dann nachbearbeiten. Das müssten wir in der gegenwärtigen Lage sogar, sonst riskieren wir, dass die Lords uns bei der Neuregelung des Steuerrechts Knüppel zwischen die Beine werfen.«

»Ob Sie kurz mit mir in den Garten gehen würden, Ma'am?«

»Gewiss. Ich weiß nur nicht…«

Paul wusste auch nicht. Und zwar, wie lange er sich noch in Geduld üben sollte. Ein Blick zur Uhr besagte, dass seine Verabredung sich inzwischen um eine halbe Stunde verspätete. Aber sie mochte noch viel später auftauchen. Oder gar nicht. Obwohl das 24 CS Bescheid gegeben hatte, dass Miss Williams etwas dazwischengekommen sei.

Also bestellte er sich noch ein Pint und blickte aus dem Fenster. Das Wetter war trüber geworden, irgendetwas braute sich zusammen, und es war nichts Gutes. Pauls Laune umwölkte sich ebenfalls zunehmend. Er hatte sich auf dieses Treffen gefreut, auch wenn er nervös war. Hätte sie ihm nicht irgendwann in den letzten Tagen ein Zeichen geben können? Hätte sie nicht irgendwie reagieren können? Als er sie noch einmal an der Bar getroffen hatte, wäre er bereit gewesen, mitzugehen – nur dass sie ihm diesmal nicht die gleichen Signale gesandt hatte wie beim ersten Date. Stattdessen schien sie nicht einmal richtig da gewesen zu sein. Und: Sie hatte kein Wort verloren über seine Frage. War seine Botschaft zu subtil gewesen? Hatte sie sie überhaupt erhalten? Natürlich hatte sie sie erhalten. Er hatte sie ja selbst überbracht. Und im 24 Charming Street kam nichts weg. Das war ausgeschlossen. Nein, sie wusste genau, was ihn bewegte. Und doch hatte sie nicht geantwortet. Das hieß: Ihr Fernbleiben mochte natürlich auch eine Botschaft sein – allerdings keine, die er gerne gehört hätte.

Er nahm sein Handy heraus und wählte die Nummer des Hotels.

»Das 24 Charming Street, Richard am Apparat.«

»Mr Goodwin, hallo. Hier ist Paul, Nicks Bruder. Könnten Sie mich mit Miss Williams' Zimmer verbinden?«

»Das will ich gerne tun, Sir. Ich bin mir nur nicht sicher…«

»Bitte, Mr Goodwin.«

»Sehr wohl, Sir.«

Und Richard stellte die Verbindung her. Paul war dankbar, dass zumindest im *Boatsmen* das Mobilfunknetz funktionierte. Was allerdings nichts nützte, weil sich Miss Williams nicht meldete. Offensichtlich hatte sie Wichtigeres zu tun, als ihre Verabredung mit ihm einzuhalten.

»Charles, altes Haus«, rief Leach Wilkins-Puddleton, als er einen Anruf von Charlotte bekam, zumindest war es ihre Handynummer.

»So wurde ich schon lange nicht mehr genannt«, erwiderte die First Lady. »Hier spricht Mildred Porter.«

Leach lachte am anderen Ende der Leitung. »O ja. Und hier spricht Mata Hari«, entgegnete er fröhlich. »Die First Lady klingt doch nicht wie eine geölte Rohrzange. Im Ernst, wer spricht denn da?«

Als er begriff, dass tatsächlich die Frau des Regierungschefs anrief, um ihn um einen Gefallen zu bitten, konnte Charlotte ihn keuchen hören, obwohl sie einige Schritte entfernt stand. Sie wartete das Ende des Gesprächs ab, nahm dann ihr Telefon aus der Hand der First Lady und ergänzte deren Ausführungen mit dem Hinweis: »Leach, es gibt Bitten, die ein Gentleman als Befehl versteht. Du weißt, was du zu tun hast.« Dann drückte sie das Gespräch weg.

»Alle Achtung«, bemerkte Mildred Porter. »Ich denke, Sie haben eben einen Coup gelandet, wie man in den Kreisen meines Mannes zu sagen pflegt.«

Die beiden Frauen warfen sich einen verschwörerischen Blick zu – und wussten beide, dass sie einer Meinung waren.

Beinahe wäre Charlotte in Euphorie verfallen. Doch dann kam ihr etwas in den Sinn, was die First Lady vorhin erwähnt hatte: »Was meinten Sie damit, Sie wünschten, die Duchesse könnte sich ein wenig länger daran erfreuen?«

»Oh«, erklärte die First Lady mit kummervollem Blick. »Das wissen Sie nicht? Es geht ihr nicht gut.«

»Ich habe bemerkt, dass sie schwach ist …«

Mildred Porter seufzte und schüttelte langsam den Kopf. »Sie scheint nicht mehr viel Zeit zu haben.«

»Aber … aber …«

»Ich weiß. Es ist traurig.« Der Blick der stolzen Frau schweifte hinaus aufs graue Meer. »Ich mochte sie sehr.«

Endlich. Endlich hatte sie alles erledigt. Beim Blick auf die Uhr erschrak Charlotte. So spät! Verzweifelt stellte sie fest, dass sie ihr im Hotel nutzloses – aber hier im Garten eben doch funktionierendes – Handy nicht bei sich hatte, stürzte an die Rezeption und wollte noch einmal darum bitten, im Pub anzurufen. Doch ausgerechnet jetzt war Richard nicht da – und auch sonst niemand, der sich darum hätte kümmern können. Das Lämpchen am Telefon des Empfangs leuchtete: ein Anruf. Aber Richard tauchte nicht auf. Der Vauxhall! Nick! Statt noch länger zu warten, rannte Charlotte hinaus in das Dämmerlicht dieses zunehmend trüben Tages. Und konnte den Wagen gerade noch um die Ecke fahren sehen – offenbar war ihr ein anderer Fahrgast zuvorgekommen. Okay. Und wenn sie den ganzen Weg laufen musste, sie musste versuchen, anzukommen, solange Paul wartete. Falls er überhaupt noch da war.

Er war da. Allerdings stellte er in diesem Moment seine Bemühungen ein und steckte sein Smartphone wieder weg. »Dann eben nicht«, sagte er, trank den letzten Schluck aus seinem Glas, bedauerte es, denn das Bier war warm und schal geworden. Er schlüpfte in seinen Mantel, legte fünf Pfund auf die Theke und trat nach draußen. So schön die Insel war, wenn man gute Laune hatte – sie war sogar noch schöner, wenn man melancholisch war. Und das war Paul. Denn er spürte, dass es keinen Sinn hatte, länger zu warten. Sie würde nicht kommen. Eigentlich hätte er es wissen müssen, nachdem seine unausgesprochene Frage unbeantwortet geblieben war. Diese Verabredung, sie hätte zweifellos ohnehin nur den Zweck gehabt, ihm freundlich einen Korb zu geben. Nun war es also auf unfreundliche Art geschehen. Ja, er hätte es wissen müssen. Aber er hatte eben gehofft, unverbesserlicher Romantiker, der er war.

Und so schritt er, »The Fool On The Hill« pfeifend, über die Hügel seiner Heimatinsel auf alten, ausgetretenen Pfaden, verborgen von den Blicken der Welt, hinüber Richtung Culnacnoc Lealt, von wo es nicht mehr weit war bis zu seinem Elternhaus, und versuchte, sich mit dem Unabänderlichen abzufinden.

Der Pub war leer. Selbst an der Theke stand niemand, als Charlotte die Tür aufriss und eintrat, oder vielmehr: sich von einer der heftigen Böen hineinschieben ließ, die inzwischen über die Insel fegten.

»Hallo?«

»Hi!«, grüßte ein Mitarbeiter, der aus der Küche kam. »Die Küche ist leider geschlossen. Aber wenn Sie was trinken wollen …«

»Kein Problem«, erwiderte Charlotte. »Ich … ich suche jemanden.«

»Oh. Sie sind das.«

»Sie wissen?«

»Er ist gegangen. Also, es kann noch nicht Ewigkeiten her sein, meine ich. Ich war ja nicht lange hinten.« Der Mann deutete über seine Schulter. »Hat sich nicht verabschiedet, sondern nur seine Zeche gezahlt.«

»Verstehe. Und Sie wissen nicht, in welche Richtung er...«

»Wie gesagt, ich war hinten.«

»Schon klar. Ähm, danke.«

»Nichts zu danken.«

Grau und kalt lag die Insel vor ihr, eisig schnitt der Wind übers Land. Trotzdem stieg Charlotte nicht ein, als Harolds Bus des Weges kam, sondern winkte ihm nur. Sie würde zu Fuß gehen. Sie wäre bis nach London zu Fuß gegangen, so sehr ärgerte sie sich über sich selbst. Und so trocknete der Wind von Skye ihr Gesicht, während vereinzelt Schneeflocken über sie hinwegfegten.

Zur Bestürzung aller hatte sich der Zustand der alten Mrs Penwick so sehr verschlechtert, dass sie zum ersten Mal seit Menschengedenken an einem Abend nicht im Speisesaal des 24 CS aufgetaucht war. Ihr Platz war gestern leer geblieben, tatsächlich erinnerte sich Charlotte, dass sie sich gewundert hatte. Nur eine Kerze hatte einsam über dem Gedeck geflackert, als wollte sie ihr den Weg leuchten. Vergeblich. Der Abend war vergangen, die Gäste hatten das Restaurant verlassen – und Harriett Penwick war dem Ereignis ferngeblieben.

Und noch etwas war anders gewesen an diesem Abend: Die Musik, die im Hintergrund spielte, war aus den Lautsprechern gekommen, das Piano verwaist gewesen. Mehr als einmal hatte Charlotte zwischen geräuchertem Aal und Pilz-Kräuter-Consommé, Chablis und Gin den Klavierhocker betrachtet, über den sonst Mr

Richmond seine Frackschöße zu drapieren pflegte. Wäre zumindest er hier gewesen, sie hätte sich nicht solche Sorgen gemacht. Aber seine Abwesenheit hatte wie ein düsterer Wink des Schicksals gewirkt.

Nach dem Dinner entschloss Charlotte sich, nicht in die Bar zu gehen oder aufs Zimmer, sondern hinüber zu der kleinen Hauskapelle, in der sie die alte Dame einmal angetroffen hatte. Doch auch dort war sie nicht. Weder sie noch ihr Ehemann.

Nachdenklich machte sich Charlotte auf den Weg, als ihr am Eingang Euna begegnete. Sie schniefte, wie man es unter keinen Umständen tun durfte als Mitarbeiterin eines solchen Hauses. Nun, unter fast keinen Umständen. Denn je mehr sich die Zeichen häuften, umso deutlicher schien es Charlotte, als lägen Umstände vor, die praktisch alles rechtfertigten.

Wenig später stand sie vor der Suite, aus der Harriett einmal nachts mit ihrem Rollstuhl gekommen war. Ob sie absichtlich hierhergewandert war oder ob ihre Schritte von einer höheren Macht gelenkt worden waren – sie hätte es nicht zu sagen vermocht.

Sie klopfte. Es dauerte eine Weile, bis sich die Tür öffnete. Richard stand vor ihr. Er öffnete den Mund, doch dann schloss er ihn wieder, ohne ein Wort zu sagen. Und trat beiseite, um Charlotte einzulassen.

Sie hatten sich alle versammelt: der Pianist, der Portier, der Hausmeister, Rosa und einige ihrer Kolleginnen, Nick, David, andere Hotelbedienstete, die Charlotte nicht namentlich kannte, die First Lady.

»Kommen Sie«, sagte Mr Richmond leise und winkte

Charlotte, näher zu treten. Er überließ ihr seinen Platz, und Charlotte trat ans Bett, das in einem Alkoven stand, dessen Vorhänge zur Seite gezogen waren.

»Wie schön, dass Sie auch da sind, Charlotte«, sagte Mrs Penwick mit zerbrechlicher Stimme und streckte die Hand ein wenig aus. Charlotte ergriff sie und musste schlucken.

»Und wo ist unsere liebe Kiharu?«

Richard warf Nick einen Blick zu und nickte Richtung Tür. Der Page begriff sofort und rannte los. Wenige Augenblicke später stand er mit der Barfrau in der Tür. Und mit einer Flasche Talisker und einem Dutzend Gläsern.

Müde sah Mrs Penwick zu, wie Kiharu einschenkte und dann jedem der Anwesenden ein Glas reichte. Zuletzt drückte sie der alten Dame eines in die zitternde Rechte.

»Keine langen Reden«, flüsterte sie. »Sie kennen ja meine Haltung.« Mit Kiharus Hilfe hob sie das Glas und sprach, ehe sie es an die Lippen führte, noch einmal das Motto ihres Lebens aus: »Cheers!«

Dann tranken sie alle auf das Wohl von Mrs Penwick, während das Piano im Nebenraum ein letztes Mal ihr Lieblingslied spielte:

Heaven ... I'm in heaven ...

Was sie dann auch wenige Augenblicke später war.

Wie nicht anders zu erwarten, trug das kleine Hotel in der schottischen Provinz seine Trauer um diese ganz besondere Frau in einer Form, die man nur würdig nennen konnte: Die Ausgabe der *24 CS Times* am nächsten Tag war von einem ganzseitigen Foto der Verstorbenen geschmückt. Die Schlagzeile lautete: »Thank you, Ma'am!«

Es war so schlicht und so rührend, dass Charlotte in dem Moment, in dem sie das Blatt zur Hand nahm, unvermittelt in Tränen ausbrach. Sie schämte sich allerdings nur kurz. Denn als sie sich die Augen gewischt hatte, entdeckte sie, dass sie umgeben war von Gästen, die Taschentücher in Händen hielten, die sich schnäuzten oder sich die Wimpern tupften. Mrs Penwicks Tod traf scheinbar alle, die Angestellten des Hotels kamen ihren Aufgaben an diesem Morgen schweigend nach.

Nach dem Frühstück ging Charlotte auf ihr Zimmer und suchte die Zeichnung heraus, die sie von Harriett gemacht hatte. Sie musste schmunzeln, als sie den Haarturm sah, das Diadem und die markante Augenbraue. In ihrer schönsten Schrift pinselte sie unter das Bild die Worte: *I'm in heaven!* Dann löste sie eine Fotografie einer romantischen Burgruine aus dem Rahmen und ersetzte sie durch die Zeichnung.

Als das Bild wenig später wie von Zauberhand auf dem Piano in der Bar stand, fanden sich schon bald Neugierige ein, die es betrachteten, Menschen, die einander ihre verrücktesten Mrs-Penwick-Geschichten erzählten – und schließlich auch Mr Richmond, der lange dastand und jeden einzelnen Bleistiftstrich zu studieren schien. Bis er sich setzte und ein Potpourri der Lieblingsmelodien der Verstorbenen zu spielen begann.

Charlotte saß in einem Winkel der Lobby, in Gedanken versunken, und blickte hinaus in das trübe schottische Wetter. Für einen kurzen Moment glaubte sie, Paul in der Ferne zu sehen. Aber dann war der Mann verschwunden – und sie seufzte, weil sie wusste, dass sie ihre Chance auf eine Fortsetzung dieser wundervollen Romanze vertan hatte. Na ja, dieser *eingebildeten* Romanze. Sie hatte ihn versetzt. Nicht einmal: zweimal! Welchen Grund sollte er haben, noch an sie zu denken?

Ein ganz besonderer Brauch

Als Charlotte an ihrem letzten Abend im 24 Charming Street auf ihr Zimmer kam, fand sie nicht nur ein ganzes Päckchen mit »Abendseufzern« vor, sondern auch einen lachsfarbenen Umschlag auf dem Sekretär, angelehnt an ein entzückendes kleines Gesteck von Stechpalmen, deren rote Früchte wie ein Versprechen leuchteten, und dem sie ein Kärtchen entnahm, auf dem wie folgt geschrieben stand:

Ladies and Gentlemen,
seit Generationen gibt es in unserem Haus den
Brauch, zur Weihnachtszeit einen Menschen mit
einem Aufenthalt im 24 Charming Street zu
erfreuen, dessen Kosten das Hotel übernimmt.
Dafür brauchen wir Ihre Hilfe. Sie nämlich sollen
uns unterstützen, indem Sie eine Person benennen,
der Sie ein solches Geschenk besonders gönnen
würden. Wir ziehen am 6. Januar eine Karte und
benachrichtigen dann die oder den so Erwählte/n.
Vielleicht sind Sie es ja, die oder der auf diese Weise
jemandem eine besondere Freude macht.
Den Briefkasten für die Weihnachtswahl finden Sie
an der Rezeption.
Ihr 24 Charming Street

Da war sie also, die geheimnisvolle Karte. Morgen würde sie abreisen, dann hatte sie die Möglichkeit, jemanden zu benennen, der erleben durfte, was sie erlebt hatte. Aber nein: Niemand konnte dasselbe erleben wie jemand anderer. Was sie erlebt hatte, war einzigartig. Nirgendwo sonst hätte sie all die Begegnungen haben können als in 24 Charming Street, nirgendwo sonst die Erkenntnisse.

Es war nicht so, als hätte sie nicht seit ihrer Ankunft (eigentlich sogar schon vorher) immer wieder überlegt, wen sie am liebsten mit einer solchen Freude bedacht sähe. Seit sie wusste, dass sie nun zum Kreise derer gehörte, die jemanden auswählen durften, der so reich beschenkt werden würde, wie sie selbst beschenkt worden war, hatte sie darüber nachgedacht, wen sie nominieren würde. Und auch wenn ihre Karte vielleicht gar nicht gezogen wurde, sie zählte zu einem eingeschworenen Kreis, einer geheimen Weihnachtsgesellschaft, die ein großes Privileg zu vergeben hatte.

Hätte sie noch die Möglichkeit gehabt, sie hätte ihrem Vater diese unbeschreibliche Freude gemacht. Aber der war ja leider tot. Eine Freundin aus Kent, die gemeinsam mit Charlotte studiert hatte, wäre als geeignete Kandidatin in Betracht gekommen. Eine Kinderbuchautorin aus Finnland. Sogar über Randolph und Ludmilla Soars hatte sie kurz nachgedacht (denn bei allem Druck, den das Verlegerpaar gern auf sie ausübte, waren die beiden es doch gewesen, die ihr die Chance gegeben hatten, als Illustratorin Fuß zu fassen, und von denen sie immer wieder reizvolle Aufträge erhielt). Aber Randolph und Ludmilla Soars hätten sich das 24 CS auch so oder so leisten können. Und dies wiederum brachte Charlotte letztlich auf die richtige Fährte: Es sollte, nein, es musste jemand sein, der in einem Hotel dieser Klasse niemals hätte Urlaub machen können. George vielleicht, der Zeitungsmann, den sie womöglich nach ihrer Rückkehr nicht mehr wiedersehen würde, weil er vor dem neuen Aufenthaltsgesetz aus dem Vereinigten Königreich geflohen war, ehe man ihn dazu zwang. Oder aber …

Ja, das war die richtige Wahl. Sie spürte es in dem Augenblick, in dem ihr die Idee gekommen war. Dankbar für diese Eingebung nahm Charlotte den Füllfederhalter und schraubte ihn auf. Mit zitternden Fingern drehte sie die Karte um, dann setzte sie – beinahe zärtlich – die Feder auf das edle Papier (der Name war auf der Rückseite der Karte zu notieren, es gab auch ein paar Zeilen für die Anschrift, aber die würde sie in dem Fall nicht brauchen) und schrieb.

Ihre Wangen glühten, als sie den Namen notierte, die Karte in den dazugehörigen Umschlag steckte und aufstand, um es gleich zu erledigen. Mit diesen unglaublich weichen Hotelhausschuhen schlich sie die Treppe hinunter und ging zur Rezeption, wo Richard – wie scheinbar zu jeder erdenklichen Tag- und Nachtstunde – auf seinem Posten stand. Sie schenkte ihm ihr freundlichstes Lächeln, das er mit seinem vornehmsten Nicken beantwortete.

»Sie sind die Erste, Ma'am«, erklärte der Portier und hob ein Tuch von einem Kasten, der auf der Empfangstheke stand. »Bitte. Unser Weihnachtsbriefkasten.«

»Der Briefkasten für die ganz besonderen Wünsche.«

»So ist es, Ma'am.«

Charlotte warf den Umschlag hinein, wohl wissend, dass sie im nächsten Jahr nicht hier sein würde. Dafür würde dann vielleicht ja ...

Aber das ist eine andere Geschichte.

Farewell

Der 31. Dezember war traditionell ein Tag der Abreise im 24 Charming Street. Entsprechend geschäftig waren nicht nur die Mitarbeiter des Hauses, auch die Gäste bemühten sich, wieder eine den Erfordernissen des Alltags entsprechende Geschwindigkeit zurückzuerlangen. Der Premierminister ließ sich aus der Küche ein Frühstückspaket bringen (und am Vorabend von Jeeves noch rasch erklären, wie er in Downing Street für kleine Fluchten die Alarmanlage ausschalten konnte), weil er und die First Lady bereits um sieben mit einer Dienstlimousine abgeholt wurden. Um die Rechnung musste Mr Porter sich selbstverständlich nicht persönlich kümmern, das würde sein Büro übernehmen (in dem Fall: seine Frau, denn dies war schließlich eine private Reise, soweit man als Premierminister jemals so etwas wie privat war.)

Richard ließ es sich trotzdem nicht nehmen, den besonderen Gast persönlich zu verabschieden und ihn zum Wagen zu begleiten. In dem Umschlag, den er der First Lady noch überreichte, würde diese später eine Zeichnung finden, die den Premierminister auf dem Thron zeigte, während sich ein royales Hinterteil aus dem Bild schlich (in dem Umschlag, den der Premierminister dem Portier überreichte, würde dieser wie jedes Jahr hundert Pfund als kleine Aufmerksamkeit finden).

»Bis nächsten Winter, Ma'am! Sir!«, rief Richard, während Nick den Wagenschlag schloss und einen Schritt zurücktrat.

»Ich kann es schon jetzt kaum erwarten«, erwiderte Mrs Porter, die die Fensterscheibe heruntergelassen hatte. »Passen Sie gut auf, dass alles so bleibt, wie es ist.«

»Nichts bleibt, wie es ist, Ma'am. Aber wir bemühen uns täglich, so wenig zu verändern wie nur möglich.«

»Gott behüte Sie, Richard!«

»God save the Queen«, erwiderte Richard und warf der First Lady ein verschwörerisches Lächeln zu.

»O ja, das möge er weiterhin tun.«

Der Premierminister gab dem Chauffeur ein Zeichen, indem er auf die Vorderbank klopfte, der Portier deutete eine kleine Verbeugung an, Nick tippte an seine Kappe und die Regierungslimousine nebst ihren zwei Begleitfahrzeugen rollte hinauf zur A855, die sie wieder nach Portree, von dort auf die A87, durch Kyle of Lochalsh und schließlich aufs Festland zurückbringen würde – und damit endgültig in die Niederungen des Alltags und die Abgründe der Politik.

Miss Lilian und ihre Mutter brachten den Mut auf, Nick und seinen Vauxhall Light Six in Anspruch zu nehmen. Als die etwas ätherische Dame ihre Rechnung bezahlt und noch ein paar freundliche Worte mit dem Portier gewechselt hatte, blickte sie sich vergeblich nach ihrer Tochter um. »Lilian?«

»Sie wird gewiss gleich wieder hier sein, Ma'am«, beruhigte Richard sie. »Ihr Zug geht erst in knapp zwei Stunden, Sie sind also nicht in Eile. Zur Not kann Nick sicher auch etwas schneller fahren.« Den skeptischen Blick der Dame übersah Richard geflissentlich.

An der Tür zur Weihnachtssuite klopfte es. Und schon am Klopfen war zu hören, wer es war. Denn in einem Haus ersten Ranges hätte niemand sonst gewagt, so penetrant und hektisch an die Tür zu schlagen.

»Ich komme schon!«, rief Charlotte. »Ihr fahrt ab?«, fragte sie, selbst noch im Bademantel, aber im Übrigen recht gut sortiert an diesem Morgen.

»Mama steht schon unten und verabschiedet sich.«

»Dann solltest du dich beeilen und sie nicht warten lassen.«

»Ich weiß.« Das Mädchen versuchte – erfolglos – ein Lächeln. »Ich wollte nur noch Auf Wiedersehen sagen.«

»Auf Wiedersehen, Lilian. Ich habe mich sehr gefreut, deine Bekanntschaft zu machen.«

»Ich mich auch, Miss Williams.«

»Wenn du mal in London bist, komm mich doch besuchen.«

»Aber wo kann ich Sie denn dort finden?«

»Richard kennt meine Adresse. Ich gebe ihm Bescheid, dass er sie dir geben darf, falls du mal fragst.«

»Gut«, sagte das Mädchen. »Wir sind übrigens nächstes Jahr wieder hier. Also: nächste Weihnachten. Wenn es meiner Mama gut genug geht. Sie könnten ja auch kommen.«

»Nichts lieber als das. Aber ob ich mir das leisten kann ...«

»Bestimmt werden Sie reich mit Ihren tollen Bildern«, erklärte Miss Lilian ohne den Hauch eines Zweifels in der Stimme.

»Wenn du dir da so sicher bist«, erwiderte Charlotte. »Also: Wenn das klappt, sehen wir uns hier wieder. Nächste Weihnachten. Vielleicht auch erst übernächste, falls es länger dauert.«

Das Mädchen sagte nichts mehr, sondern trat einen Schritt vor und umarmte Charlotte so heftig, dass sie beinahe beide hingefallen wären, so überrumpelt war sie.

»Ich hab noch was für dich«, sagte Charlotte. »Warte.«

Sie lief rasch zum Schreibtisch und holte einen kleinen Zeichenblock, den sie vorsorglich dort deponiert hatte. »Der ist für dich. Du kannst selbst etwas reinzeichnen. Oder du guckst mir einfach zu.« Und als sie Miss Lilians verständnislose Miene sah, musste sie lachen. »Lass dich überraschen.«

Sie schloss die Tür hinter dem Mädchen und überlegte, was sie den restlichen Tag noch machen könnte (der Nachtzug würde ja erst kurz vor Mitternacht abfahren), da klopfte es noch einmal.

»Hast du etwas vergessen?«, fragte Charlotte, als sie die Tür öffnete. Allerdings war es nicht Miss Lilian, sondern das Zimmermädchen, das vor der Weihnachtssuite stand. »Rosa! Sie müssen mein Zimmer heute nicht machen, ich reise ab.«

»Das weiß ich, Ma'am«, erwiderte Rosa. »Es ist etwas anderes.« Sie hielt Charlotte ein Päckchen hin. »Dieses Geschenk ... Es ist nicht vom Hotel«, erklärte sie.

»Nicht vom Hotel? Aber es war in meinem Stiefel!«

»Jemand anderes muss es Ihnen hineingesteckt haben, Ma'am. Sie sollten es behalten.«

»Hm. Danke, Rosa.« Nachdenklich nahm sie das kleine Schächtelchen entgegen und öffnete es: Darin befand sich – in rotes Seidenpapier gewickelt – ein kleiner Anhänger: der rote Speisewagen des Caledonian Sleeper. Und ein Zettel:

Ob sie passen?

Paul. Er hatte ihr seinen kleinen Waggon geschenkt. Und er hatte das Geschenk mit einer Frage verbunden. Nicht heute. Sondern … Ja, er hatte das Päckchen an Heiligabend vor ihre Tür gestellt. Das war nach jener Nacht gewesen, in der es beinahe … und vor der Verabredung, wo sie ihn … Charlotte brauchte eine Weile, um sich zu fangen. »Die Welt«, das hatte ihr Vater immer wieder zu ihr gesagt, »die Welt ist voller Gelegenheiten, Charlotte. Du musst sie nur sehen.« Ja, antwortete Charlotte ihm im Geiste. Und sie ist voll von verpassten Gelegenheiten. Deshalb darfst du vor allem nicht blind sein.

Im Fond des alten Vauxhall holte indes Miss Lilian den Block wieder hervor und blätterte ihn auf. Es dauerte nur einen winzigen Moment, da erkannte sie, was die Illustratorin gemeint hatte: Auf jeder Seite nämlich war unten in die Ecke ein Bild gezeichnet. Jedes dieser Bilder wich nur ein klein wenig von dem davor und dem danach ab, zusammen aber ergaben sie, wenn man sie ganz schnell hintereinander betrachtete, ein Daumenkino: Charlotte Williams beim Zeichnen. Nein: beim

Schreiben! Erst auf dem letzten Bild aber sah man, was sie geschrieben hatte: »Love, Charlotte!«

Kiharu, die Barfrau, fand an diesem Morgen in einer leeren Karaffe eine Flaschenpost vor: ein Rezept für den

> **Cocktail Arigatou Kiharu**
> *¹/₇ Witz, fein gemahlen*
> *¹/₇ Weltläufigkeit, umsichtig verwendet*
> *¹/₇ Herz (großzügig bemessen)*
> *¹/₇ Charme*
> *¹/₇ Hingabe*
> *¹/₇ Feuer (je nach Gast auch etwas mehr)*
> *¹/₇ Eleganz*
> *¹/₇ (das achte) Zauber*
>
> *Alles mit leichter Hand und einem Lächeln geschüttelt, mit einem freundlichen Wort serviert – natürlich von der besten Bartenderin der Welt.*

Darunter eine Reihe von Piktogrammen, die das Beschriebene ebenso einfach wie raffiniert illustrierten und trotz aller Abstraktion an der Identität der besagten besten Bartenderin der Welt nicht den geringsten Zweifel ließen: die dargestellte Figur, wiewohl mit wenigen Strichen gezeichnet, hätten auch modernste Gesichtserkennungsprogramme (hätte man sie denn an einem Ort wie dem 24 CS zum Einsatz bringen können) nur als einen ganz bestimmten Menschen identifiziert: Kiharu.

Auch die Gäste aus Zimmer 13 bereiteten sich auf die Abreise vor, was insbesondere der Frau schwerfiel. Wie jedes Jahr, so hatte sie auch in diesem ihre Schwermut jeden Tag ein wenig leichter überwinden können, je näher die Reise auf die Isle of Skye rückte, wo das Glück zu Hause war und bereits auf sie wartete.

Es gibt Gründe, weshalb es manchen Menschen nicht so gut gelingt, unbekümmert fröhlich zu sein. Es steht uns nicht zu, diese Gründe für unbedeutend zu erachten. Aber es steht uns wohl an, nach Mitteln und Wegen zu suchen, die diesen Menschen helfen können – und sei es nur für Augenblicke –, ihren Trübsinn zu überwinden und ihnen ein Lächeln ins Gesicht zu zaubern.

Ein Lächeln, wie es im Gesicht der schwedischen Verlegerin Carla Skjöllborn aufleuchtete, als sie den Umschlag öffnete, den ihr Richard zum Abschied »mit den besten Wünschen von Unbekannt« überreichte. Wobei sie natürlich mit dem ersten Blick auf das Heft, das zum Vorschein kam, wusste, wer in dem Fall »Unbekannt« war. »Weihnachten im kleinen Grandhotel« stand auf dem Umschlag des Hefts. Und im Inneren entfaltete sich eine zauberhafte Welt aus den originellsten Einfällen rund um einen Rummel im Park eines Hotels, das nicht von ungefähr wie das kleine Geschwisterchen des 24 CS wirkte. Ein Weihnachtsrummel war es, auf dem jede Bude von Lichterketten erleuchtet war, die Luftballons die Form von Tannenzapfen, Stiefeln und Engeln hatten, der Schnee aus Zuckerwatte bestand, überall Glöckchen und bunte Kugeln hingen, die Geister aus der Geisterbahn (die seltsamerweise aussahen wie die Mitglieder der englischen Königsfamilie) sich als Weihnachtschor auf dem Balkon präsentierten, die Gondeln des Riesenrads die Gestalt von Schlitten hatten (beladen mit unzähligen hübsch verschnürten Päckchen) – und unverkennbar niemand anderer in einem dieser Schlitten saß als Carla Skjöllborn mit ihrem Mann, fröhlich lachend, dass ihre blonden Locken nur so über die Schultern purzelten.

Auf jeder Doppelseite entbreitete sich ein neues kunterbuntes, närrisches Panorama vor der Betrachterin, sodass die doch eigentlich so schwermütige Schwedin immer wieder laut auflachte (zumal ihr Gatte sich auf den Bildern andauernd in die verfahrensten Situationen manövrierte). Auf der letzten Seite hatte die Meisterin dieses Albums des verrückten Frohsinns notiert:

Für die Zeit bis zum nächsten Aufenthalt im 24 CS.
Alles Gute!
Ihre Charlotte Williams
P.S. Vielleicht fällt Ihnen eine nette Geschichte
zu den Bildern ein.

So fanden an diesem denkwürdigen Tag viele ganz unterschiedliche Menschen einen kleinen gezeichneten Gruß aus der Feder einer jungen Frau vor, für die die zurückliegende Zeit mit zu den schönsten Zeiten ihres Lebens gehört hatte. Das Ergebnis war jedoch, dass ausgerechnet die Person, die zuletzt so vielen anderen so viel Freude gemacht hatte, besonders traurig das 24 Charming Street verließ. Denn alles, was vor ihr lag, würde nicht annähernd so wunderbar sein können wie die Stunden und Tage in diesem zauberhaften Haus am Ende der Welt.

Doch das ist ein Wesenszug der schönen Träume, dass sie etwas Besonderes sind und eben nicht der Alltag. Ein Wesenszug der Tagträume aber ist, dass wir uns endlos in sie hineinversetzen und von den Bildern unserer Fantasie zehren können.

Und, wer weiß, vielleicht war es ja so, wie Miss Lilian prophezeit hatte, und Charlotte würde eines Tages reich und berühmt sein und wie selbstverständlich alljährlich ihren Weihnachtsurlaub im kleinsten Grandhotel der Welt machen können. Womöglich würde ihr dabei helfen, dass eine schwedische Verlegerin ihr in den Minuten ihrer Abreise bereits einen Brief schrieb, in dem sie ihr anbot, eine kleine Geschichte über einen Weihnachtsjahrmarkt im Park eines Hotels zu veröffentlichen (für den Text gedachte sie niemand Geringeren als einen der bekanntesten Schriftsteller der Welt zu gewinnen). Ganz sicher würde ihr jedenfalls für die allernächste Zeit helfen, dass besagte Verlegerin gleich einen Scheck über mehrere tausend Pfund als Anzahlung für die Rechte an den Bildern beifügte. Und dass sie außerdem eine Einladung nach Stockholm aussprach, wenn auch nicht zu Weihnachten (da war besagte Verlegerin nämlich traditionell auf einer abgelegenen schottischen Insel), könnte zusätzlichen Auftrieb geben.

Von all dem aber wusste Charlotte im Moment ihrer

Abreise nichts, weshalb ihr Herz schwer war und ihre Sorgen groß. Am meisten jedoch bedrückte Charlotte, dass diese wundervolle kleine Romanze mit Paul so unglücklich gestrauchelt war. Für einen winzigen Moment hatte sie geglaubt, da wäre mehr. Viel mehr womöglich sogar. Doch dann war diese unselige Geschichte mit dem Königshaus dazwischengekommen, Mrs Penwick war verstorben und... ach, es hatte sich ganz einfach alles gegen sie verschworen. Und gegen die Liebe. Obwohl sie natürlich lebenserfahren genug war, zu wissen, dass manche leidenschaftliche Aufwallung nicht eigentlich die große Liebe war, sondern vielleicht nur eine Laune des Schicksals, ein Strohfeuer des Glücks. Gleichviel: Sie würde diese köstlichen Erinnerungen mitnehmen und davon zehren, wenn sie wieder einmal dachte, dass es *Mr Right* für sie schlichtweg nicht gab.

Der Caledonian Sleeper war ziemlich leer, sodass Charlotte sich ihr Abteil sogar aussuchen konnte. Aus unerfindlichen Gründen war allerdings wieder einmal nicht die neue Wagengeneration im Einsatz, sondern das etwas in die Jahre gekommene Vorgängermodell – weshalb sich Charlotte eines weiteren Miniatur-Speisewagens erfreuen durfte. Das heißt: hätte erfreuen dürfen, wäre nicht mit diesem kleinen Kunstwerk eine große Enttäuschung ihres Lebens verbunden gewesen. Voll Wehmut betrachtete sie das Objekt, das auf dem Tischchen am Fenster stand, und steckte es dann in ihre Tasche.

»Ma'am, wir freuen uns, Sie wieder an Bord begrüßen zu dürfen«, erklärte der Steward zu Charlottes grenzenloser Verblüffung. Konnte er sich etwa wirklich noch an sie erinnern? Allenfalls, weil sie bei der Ankunft auf der Isle of Skye beinahe auszusteigen versäumt hätte. Andererseits: Wer hier mit dem Sleeper wegfuhr, war ja vermutlich fast zwangsläufig mit dem legendären Nachtzug auch gekommen. Deshalb war es wohl einfach eine nette Gewohnheit, die Fahrgäste wie alte Bekannte zu begrüßen, wenn sie sich auf ihre Rückfahrt begaben. »Wieder nach London zurück?«, wollte der Steward wissen.

»Ja, Carl. Nach London«, erklärte Charlotte, ein wenig beschämt, dass sie hatte annehmen können, er hätte sich tatsächlich nicht an sie erinnert, sondern nur so getan. »Geht es Ihrer Kollegin wieder besser?«, fragte sie, sich erinnernd, dass es da irgendeine Magen-Darm-Sache gegeben hatte.

»O ja. Aber jetzt haben es ihr Mann und die Kinder.«

»Dann ist es ja gut, dass sie zu Hause geblieben ist, um sie zu pflegen. Und dass Sie die Stellung halten, Carl.«

»Nett von Ihnen, das zu sagen, Ma'am.«

»Hatten Sie schöne Weihnachtstage?«

»Absolut, Ma'am«, versicherte ihr der Steward. »Wir hatten sogar ein kleines Bäumchen mit Lichtern und einen ordentlichen Punsch.«

Erstaunt, wie leidenschaftlich sich die Mitarbeiterinnen und Mitarbeiter der britischen Eisenbahn offenbar sogar über die Weihnachtstage im Dienst befunden (und wie sie es dennoch zu feiern geschafft) hatten, blickte sie nach draußen, ob sie den alten Vauxhall noch irgendwo entdeckte.

Die Fahrt mit Nick nach Portree war so berückend und fordernd gewesen wie die am Tag ihrer Ankunft. Mit dem Unterschied, dass diesmal nicht nur der Page mit im Wagen gesessen hatte, sondern auch Gwen, die es sich nicht hatte nehmen lassen, Charlotte zum Bahnhof zu bringen an diesem so besonderen Abend, an dem sie ausnahmsweise so lange aufbleiben durfte, wie sie wollte.

»Schade, dass du wieder fährst«, hatte das Mädchen erklärt.

»Ich finde es auch schade«, hatte Charlotte geantwortet und dann schlucken müssen. Sie hätte noch so vieles zu sagen gehabt. Aber sie hatte auch gewusst, dass es nicht nötig war. Wer von hier wieder fortging, der ließ immer ein Stück seines Herzens zurück. Zurück auf der Insel, wo es wohlbehütet im 24 Charming Street blieb, umgeben von guten Gedanken, guter Musik, gutem Essen und vor allem einem guten Geist des Hauses. »Vielleicht kann ich ja eines Tages wiederkommen«, hatte sie schließlich herausgebracht, nachdem sie sich geräuspert hatte – und zur Sicherheit noch ein zweites und drittes Mal.

»Dann musst du uns unbedingt besuchen. Nick wird sich freuen und Paul und alle.« Ganz leise hatte das Mädchen hinzugefügt: »Und ich mich auch.«

»Für mich wäre es bestimmt am allerschönsten, Gwen.«

»Hm.«

»Würdest du mir einen Gefallen tun? Ich möchte dich bitten, meine Postbotin zu sein.«

»Postbotin? Und was soll ich bringen? Und wem?«

»Das hier«, erklärte Charlotte und reichte ihr einen

Umschlag, den kleinsten von allen, die sie an diesem Tag verteilt hatte. Darin ein paar Zeilen und ein kleiner roter Eisenbahnwagen.

»Oh! Ein Brief«, stellte Gwen fest und las den Empfänger. »Für Paul?«

»Für Paul.«

Aus den Augenwinkeln glaubte Charlotte Nicks Mundwinkel zucken zu sehen. Aber vielleicht hatte sie sich das auch nur eingebildet.

Und nun saß sie also in ihrem Schlafwagenabteil, räumte einige Dinge aus ihrer Tasche, sah auf die Uhr – 11:45 p. m. –, lauschte auf die Geräusche des Zugs, blickte hinaus auf die schneebedeckten Hügel der Isle of Skye, die im Mondlicht glänzten, und schüttelte ungläubig den Kopf. Wer ihr diese herrliche Reise geschenkt hatte, wusste sie immer noch nicht und würde es vermutlich auch nie erfahren. Aber wenn sie es recht bedachte, war das womöglich ein Teil des Zaubers: ein Geschenk, für das niemand Dankbarkeit erwartete – konnte es etwas Größeres und Schöneres geben? Und nun würde sie zum ersten Mal den Jahreswechsel auf Reisen verbringen.

Zu gerne hätte sie sich jetzt in den Speisewagen gesetzt. Aber angesichts der ausgeprägten Flaute in ihrer Geldbörse wagte Charlotte es nicht. Eine Rechnung, die sie nicht bezahlen konnte, wäre ein allzu beschämendes Ende dieses einzigartigen Urlaubs gewesen. Also blieb sie in ihrem Abteil sitzen, erlaubte sich lediglich eine Tasse Tee beim Steward (der freundlicherweise gar nicht auf die Idee kam, dafür bezahlt werden zu wollen), die sie mit einigen der »Abendseufzer«

genießen würde, ließ die Insel hinter sich und sah die kleinen Lichter, die aus vereinzelten Dörfern und Gehöften herüberleuchteten.

Der Zug hatte die Brücke zwischen der Isle of Skye und dem schottischen Festland bereits überquert, als Charlotte sich schließlich doch ins Bordrestaurant begab. Um Mitternacht wollte sie nicht ganz alleine sein. Ein Gedanke, den sie offenbar mit einer Reihe von Fahrgästen teilte. Denn trotz der späten Stunde hatten sich etliche im Speisewagen eingefunden. Charlotte entschied sich für einen Platz am Rand, wo sie den ganzen Wagen überblicken konnte, legte ihren Zeichenblock auf den Tisch, stellte den kleinen roten Sleeper daneben, widmete sich der Speisekarte (auf der einmal mehr die absonderlichsten Spezialitäten schottischer Küche darauf lauerten, sich vor ihre ahnungslosen Opfer zu werfen) und schreckte auf, als ein junger Mann an ihren Tisch trat.

»Darf ich Sie vielleicht auf einen Cherry Pie einladen?«

»Sie hier?«

»Nun, ich muss zurück zu meiner Arbeit. Da hilft ein Stück Cherry Pie schon sehr. Vor allem, wenn man es im Sleeper genießt.«

»Es soll Leute geben, die fahren nur wegen des Cherry Pie mit diesem Zug«, erklärte Charlotte.

»Weshalb sollten sie auch sonst fahren?«

»Vielleicht, um an ihren Arbeitsplatz zurückzukehren?«

»Das wäre eine Möglichkeit«, erwiderte der junge Mann mit frechem Grinsen. »Es könnte aber auch andere Gründe geben.«

»Andere Gründe? Tatsächlich? Und was könnte das sein?«

Er griff in die Innentasche seines Jacketts und holte einen Umschlag hervor. Für den Bruchteil einer Sekunde glaubte Charlotte, es wäre das Kuvert, das sie vorhin noch Gwen in die Hand gedrückt hatte.

»Liebesdinge vielleicht?«, schlug er vor und reichte ihr den Brief.

»Liebesdinge«, wiederholte Charlotte und öffnete den Umschlag, der nicht nur ganz ähnlich aussah wie jener, den sie Gwen für Paul mitgegeben hatte, sondern vor allem ganz ähnliche Worte enthielt. »Liebesdinge. Ja, das wäre in der Tat ein guter Grund, Paul. Der beste.« Sie nahm ihren kleinen Eisenbahnwaggon hervor und fragte: »Ob sie passen?«

Paul lächelte dieses umwerfende Lächeln. »Natürlich passen sie, Charlotte. Sie gehören einfach zusammen.«

Und während Charlotte noch versuchte, das Rasen ihres Herzens halbwegs in den Griff zu bekommen, bemerkte sie, dass ein Blatt aus ihrem Block gerutscht war. Eine Zeichnung, die sehr eindeutig das 24 CS darstellte. Allerdings keine von ihr. Vielmehr war es ein Bild von Kinderhand, auf dem nicht nur die Signatur eindeutig zu lesen war: »Miss Lilian«, sondern auch die Worte:

Danke, dass Sie gekommen sind, Charlotte!

»Danke, dass ich kommen durfte«, flüsterte Charlotte.

Und drüben auf der Insel stiegen die ersten Raketen auf und zauberten einen letzten Gruß in den Nachthimmel über dem 24 Charming Street.

Karen Swan
Ein Weihnachtskuss für Clementine

512 Seiten
ISBN 978-3-442-48192-7
auch als E-Book erhältlich

Clementine Alderton ist die Sorte Frau, die jeder zur Freundin haben – oder lieber gleich selbst sein möchte: schön, reich und glücklich. Doch Clementine hütet ein dunkles Geheimnis. Gerade als ihre sorgsam aufgebaute Fassade zu bröckeln beginnt, erhält sie ein Jobangebot als Inneneinrichterin im verträumten Hafenstädtchen Portofino. Clementine sagt zu – die Reise nach Italien scheint wie die Lösung all ihrer Probleme. Wenn man davon absieht, dass sie in der Vergangenheit schon einmal dort war und sich eigentlich geschworen hatte, nie wieder zurückzukehren ...

www.goldmann-verlag.de
www.facebook.com/goldmannverlag

Um die ganze Welt des
GOLDMANN Verlages
kennenzulernen, besuchen Sie uns doch
im Internet unter:
www.goldmann-verlag.de

Dort können Sie
nach weiteren interessanten Büchern *stöbern*,
Näheres über unsere *Autoren* erfahren,
in *Leseproben* blättern, alle *Termine* zu Lesungen und
Events finden und den *Newsletter* mit interessanten
Neuigkeiten, Gewinnspielen etc. abonnieren.

Ein *Gesamtverzeichnis* aller Goldmann Bücher finden
Sie dort ebenfalls.

Sehen Sie sich auch unsere *Videos* auf YouTube an und
werden Sie ein *Facebook*-Fan des Goldmann Verlags!

www.goldmann-verlag.de
www.facebook.com/goldmannverlag